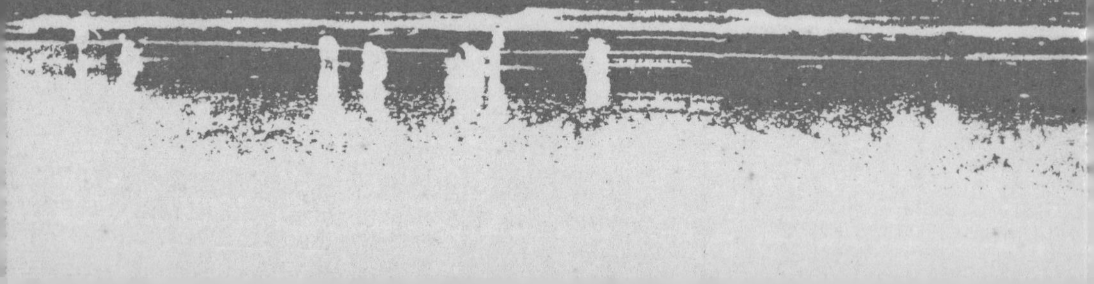

海南　真的是一座诗歌岛　一座难以拒绝的如诗似画的神仙岛

送您一座诗歌岛

SONG NIN YI ZUO SHI GE DAO

吴再●著

线装書局

图书在版编目（CIP）数据

送您一座诗歌岛 / 吴再著. -- 北京 : 线装书局,
2015.8
ISBN 978-7-5120-1937-9

Ⅰ.①送… Ⅱ.①吴… Ⅲ.①诗集 – 中国 – 当代
Ⅳ.①I227

中国版本图书馆CIP数据核字（2015）第226021号

送您一座诗歌岛

作　　者：吴　再
责任编辑：李津红
装帧设计：王文龙　白　晨
出版发行：线装书局
　　地　址：北京市西城区鼓楼西大街41号（100009）
　　电　话：010-64045283（发行部）　64045583（总编室）
　　网　址：www.xzhbc.com
经　　销：新华书店
印　　制：深圳市华信图文印务有限公司
开　　本：640mm × 970mm　1/16
印　　张：12.75
字　　数：63千字
版　　次：2015年11月第1版第1次印刷
印　　数：0001—2000册
定　　价：58.00元

谨以此書献给

我可爱的家乡淮南与我的父母

——题记

内容简介

沙滩、海浪、蓝天、阳光、空气、温泉、奇花、异俗……在很多人眼里，拥有200万平方公里海域的海南是梦幻之岛、绿色之岛、长寿之岛，而在诗人眼里，海南又是一座卓尔不凡的诗歌岛。本书收录了诗人吴再原创的100首新古体诗，讴歌了海南省100个著名景点，给海南打造了一张全新的“诗歌岛名片”，谱写了海南的壮美篇章，堪称中国诗歌史上的独创。

难以拒绝的馈赠

——序　吴再《送您一座诗歌岛》

吴再先生实在慷慨，他竟要《送您一座诗歌岛》！——一本由他题诗配文的海南国际旅游岛的诗文集。

这是一件难以拒绝的馈赠品。

首先，海南的美是无法拒绝的。早在海南的蛮荒时代，它动人心魄的美就让人赞叹不已。晚年被贬到海南的大文豪苏轼在辞岛北归时就曾写下“九死南荒吾不恨，兹游奇绝冠平生”的诗句。一种奇绝无匹的自然美，能让见多识广的苏学士“九死”而不恨，而不悔，可见它一定是美到了极致。吴再先生也一定是被这种无与伦比的极致美迷住了，所以才用他对美的独特感受和独特视角，向人们展示海南的美，歌颂海南的美。他虽然仅展示了百幅海南的影像，却足以使人想象海南整体的景致。古人说：“动人春色不须多”。吴先生一下就推出一百处动人景色，对海南来说虽不算多，也不算少了。对这样一件厚重礼物，谁又能拒绝呢？

其次，一个人为上百个著名景点题诗配文是很难的。像吴先生这样全部由自己为一个省的名胜古迹题诗配文的作品集，是笔者平生所仅见，所以倍感其难。先说释文。吴所配释文不仅仅停留在对景点细致、精到的说明与考据上，他还在那些文字里倾注了自己惊艳与挚爱的情感，把方块字变成了有温度有情感的散文诗。再说题诗。为具体景点题诗与为国画题诗有所不同。具体景点是写实的，所配之诗最好也是写实的，而且要写到画龙点睛的份儿上才算精到。例如，吴为海南著名景点“天涯海角”所题之诗是：“窈窕丰姿涛胜雪，一尺天涯两情牵。孰谓海角无宝物？几块石头最值钱。”“几块石头最值钱”看起来直白，但亦给人留有想象的空间。到处都有石头，为什么“天涯海角”的石头最有价值？因为那里的石头上镌刻着古贤人的题字：“天涯”、“海角”、“南天一柱”！笔者去年在海南采风时，也写了一首七绝，是这样虚写的：“挤在天涯作笑谈，千言万语谢前贤。若非刻字蛮荒地，海角焉能变乐园？”（见《写在天涯的诗》）这首小诗像是提前为吴诗所作的注。又如，吴为三亚名胜“鹿回头”题诗曰：“人不回头鹿回头，任其悠游天际流。放下弓箭意马骋，嫁与猎手得清游。”也是实写，写青年猎手与鹿变成的美丽少女（说鹿是美丽仙女变成的更恰当）喜结良缘的神话故事。笔者写“鹿回头”则是完全不着边际的虚写：“海天一色美难收，热浪暖风着意留。挥手告别心不舍，我回头看鹿回头”。“人不回头鹿回头”是写仙女对人间、对人、对美好生活的恋恋不舍，是“鹿回头”的本意。“我回头看鹿回头”是对“鹿回头”所代表的三亚美景的恋恋不舍，完全离开了“鹿回头”的本意。写风景如此，写古迹亦如此。例如写海南著名的古迹“五公祠”。吴是这样写的：“李纲赵鼎李德裕，并立李光与胡铨。万里重展鲲鹏翅，甘居天涯拓家园。”“五公”被贬到海南后，不是沉沦，而是振翅重飞，为海南的开发，特别是文化开发做出重大贡献。对此，吴诗表达得既简要，又明确，还要点出“五公”姓甚名谁。笔者谒“五公祠”想的却是：“五公祠内问当年，被贬南荒可自惭？功过皆随云雾去，声名却与日高悬！”一实一虚，实难虚易，因为“虚”省去了景物介绍之累。

从以上几例可见，写虚较易，写实既易又难。易在有具体内容可写；难在难以出彩，不易写好。吴在这方面做了大胆的尝试。因为要写实，遣词用字难以合律，吴便选择了类似古绝的宽律诗体，也就是贺敬之等诗家所推重的“新古体”。古绝，五言四句或七言四句，偶句押韵，押平声韵、仄声韵皆可。这样的诗写起来从容便当，适于题照。吴选用了这样的诗体一写就写了上百首，实属不易。不过，吴先生《送您一座诗歌岛》的本意，并非让您叹为观止，而是想引导您亲临海南走一走，看一看。到实地看实景，感受肯定比看图更直观更强烈。笔者年前与海南诗词学会的朋友同游文昌东郊椰林时，曾口占一绝：“还是亲临眼见真，海南只有夏秋春。几丝细细椰林雨，带绿牵红到我心。”海南没有冬天，但只有到了那里才会有实感，才能真正对它“心领神会”！不仅能“心领”海南冬天的和风与细雨，绿肥与红瘦，还能“神会”其夏天的“垂天雌霓云端下，快意雄风海上来”的壮阔与奔放，以及“五指山”“岂是巨灵伸一臂，遥从海外数中原”的自信与豪迈，以及那净土仙境一般的生态、自在仙人一般的生活，以及“万泉河”与“红色娘子军”那余音不绝的歌唱，以及博鳌论坛那律诗一般有节有奏的发言和海涛诗律一般的掌声……

海南，真的是一座诗歌岛，一座难以拒绝的如诗似画的神仙岛。

易　行

2015 年 3 月 15 日

（易行，本名周兴俊，中国作家协会会员、中华诗词学会副会长、中国毛泽东诗词研究会副会长、中华诗词研究院第一副院长，著有《神怡集》《中国诗学举要》等。）

目　录

文　昌

定　安

琼　海

万 宁

陵 水

三 亚

临 高

儋 州

昌 江

白 沙

东　方

乐　东

三　沙

海南省

海南省，简称琼，别名琼州、琼台、琼崖，位于中国南端。1988 年 4 月，海南建省，成立海南经济特区。省政府驻地在海口市。海南省行政区域包括海南岛和西沙群岛、南沙群岛、中沙群岛的岛礁及其海域。

西汉武帝元鼎六年（公元前 111 年），伏波将军路博德、楼船将军杨仆等率师平定南越之乱。元封元年（公元前 110 年），在海南岛设置珠崖郡、儋耳郡，属交州刺史管辖。这是海南岛归入祖国版图最早的两个行政地名，标志着中央政权对海南岛直接统治的开始。《北史》和《隋书》均载“海南儋耳归附者千余峒”，是为“海南”一词的最早记载。

海南话（Hainanese），汉语方言之一，属汉藏语系汉语闽南方言，使用人口分布于海南省大部分地区以及海外琼籍华人地区，省内有 600 多万人说海南话，约占全省总人口的 80%。全球使用人口约一千万左右。黎语属汉藏语系壮侗语族黎语支，有本地、美孚、加茂等 5 种方言。

陆地面积：3.54 万平方公里

海域面积：200 万平方公里

人　口：903.48 万人（2014 年）

方　言：琼语 / 黎语 / 临高语 / 儋州话 / 客家语 / 粤语等

机　场：海口美兰国际机场 / 三亚凤凰国际机场

火车站：海口站 / 海口东站 / 三亚站等。

省　树：椰子树 / 黄花梨

省　花：三角梅

海 口

海口市，海南省省会，地处海南岛北部，北濒琼州海峡，土地面积2304.84平方公里，是全省政治、经济、科技、文化中心和最大的交通枢纽。地处热带，热带资源呈多样性，坐拥海滨特色景观。北宋开埠，已有近千年的历史。明代琼山府城东厢攀丹村（今属海口市）曾创一村一族一朝代出六位进士的奇迹，其中有两对父子：唐舟及子唐亮、唐胄及子唐穆。在海南独一无二，在全国也属罕见。海口 1926 年 12 月 9 日建市。2002 年，海口、琼山两市合并，海口市的发展翻开了新的一页。

海口假日海滩

西岸佳气自葱葱，
夸下海口顾盼雄。
莫待一桥飞南北，
诗意通达贯长虹。

假日海滩位于海口市西部的滨海大道旁，东起西秀海滩，西止五源河口，北临琼州海峡，南至滨海大道，长达 6 公里，绿化面积达到 80% 以上，其中椰子树、木麻黄、油棕树等占 60%。右沿是碧波万顷的琼州海峡，海面船只穿梭，犁银溅玉。这里阳光、海水、沙滩、椰树相映成趣，构成一幅美丽动人的自然画面。整个海滩共分为滩日浴区、海上运动区、海洋餐饮文化区和休闲度假区，是海口市最具代表性的海滨旅游休闲胜地。

海口石山火山群国家地质公园

谁送南风过大荒？
品茗葱茏崴嵬家。
鸡羊肥嫩花漫野，
又见白云抱琵琶。

海口石山火山群地质公园位于海口市西南石山镇，距市区仅15公里，园区总面积108平方公里。西线高速公路转绿色长廊可达，绕城高速公路穿过园区。4A级景区，世界地质公园，国家地质公园。火山类型齐全、多样，几乎涵盖了玄武质火山喷发的各类火山。火山地质景观极为丰富。熔岩隧道有30多条，最长到2000余米，其内部形态与景观丰富、奇妙，为国内外所罕见。园区内保存有千百年来人们利用玄武岩所建的古村落、石屋、石塔和各种生产、生活器具，记载了人与石相伴的火山文化脉络，被称为中华火山文化之经典。

海口钟楼

一楼巍然证苍茫，
闻道钟声传四方。
归来持酒吃河鳝，
无限美人劝斜阳。

海口钟楼外貌雄伟壮观，位于海口市区北部长堤路海口儿童公园内，被列为海口八景之一。它历史悠久，最早是为适应对外通商而建立，已成为海口最重要的标志性与象征性建筑物之一。民国十七年（公元 1928 年），爱国商人周成梅先生发动海外侨胞捐款集资，仿照广州、上海等沿海城市，精心设计，于 1929 年在遥对入海口的长堤马路马头兴建海口钟楼，以便统一时间。如今的海口钟楼是 1987 年海口市人民政府根据城市建设的需要，依照旧钟楼原貌拨款改建的。建成后成为海口一大景观——“古钟新声”。

世纪大桥

两水三岸洛神游，
子建自傍云温柔。
新旧世纪非泾渭，
粪土还笑万户侯。

海口世纪大桥位于海口市龙昆北路北延长线上，跨越海甸河入海处，全长 2683 米，其中主桥长 636 米，桥面宽 29.8 米，两侧设有人行道，桥面为双向六车道。主桥下最高水位通航净高为 24 米，可通行 3000 吨级的轮船。世纪大桥是海南目前规模最大、技术含量最高、施工难度最大的桥梁工程，1998 年 5 月 29 日开工，历时五年建成。世纪大桥宛如一条卧龙横亘于海甸河上，造型新奇，成为海口一个重要的旅游景观和标志性建筑。

万绿园

啜茗参禅远闹市，
红映万绿藏仙家。
蕉溪竹径风无忌，
闲看海鸟戏椰花。

万绿园位于海南省海口市龙华区东部，滨海大道的中段，独具热带海滨特色和生态风景园林特色，将蓝天、绿水、原野、现代化高楼融为一体，以海南热带观赏植物为主，还种植国内外热带、亚热带观赏植物，充分体现热带风光、海滨特色、国际性旅游景点的特点。万绿园分为 16 个景区和许多景点。

秀英炮台

土炮曾吼西洋舰，
五星红旗换眼前。
河山犹在主人易，
百年心事耿无言。

秀英炮台位于海口市海秀路北侧秀英村后面。炮门朝北，面临大海。炮台共有拱北、镇东、定西、振武、振威五座。两排兵房、弹药库相对，中间是大操场。它是海南古代宏大的军事设施，始建于清光绪十七年（公元1891年），虽历经百年，但保存基本完好。这一炮台在当年系国内闻名的海岸炮台之一，与上海的吴淞口炮台、天津的大沽炮台、广东的虎门炮台，并称为全国四大炮台。

海口骑楼老街

中山博爱新华南，
大洋风吹得胜沙。
不说南宋与希腊，
街边火锅涮醉虾。

海口骑楼老街，是海口市一处最具特色的街道景观，其中最古老的建筑——四牌楼建于南宋，至今有700多年历史。骑楼主要分布于海口市得胜沙路、中山路、博爱路、新华路、解放路、长堤路等老街区。骑楼老街覆盖面积约2平方公里，总长4.4公里，共有三四层高的骑楼近600幢。2009年，海口骑楼老街以其唯一性、独特性荣获首批十大“中国历史文化名街”称号。历史上有十三个国家在这里开设了领事馆、教堂、邮局、银行、商会，另有中国共产党琼崖一大会址、中山纪念堂；西天庙、天后宫、武胜庙和冼太夫人庙，还有当时衣锦还乡的华侨富商建的家族式连排骑楼，如邱氏祖屋、饶园等。当年非常有名的海口最高楼——五层楼，如今在得胜沙路还可以看到。

海瑞墓

嘉靖有气却无力，
奈何刚峰句句理。
岂料罢官点邪火，
文攻武斗诠卑鄙。

海瑞墓园位于海口市海秀大道左侧的滨涯村，为国家级重点文物保护单位。始建于明朝万历十七年（公元 1589 年），迄今有 400 多年，园内主墓、石板道、石刻等仍保持原样。陵墓格局与杭州的岳坟相似，只是规模稍小，有石供桌、石平台、五栏杆、石砌圆形坟冢。坟墓直径 1.6 米、高 2.6 米。墓前石碑上刻“明皇敕葬资善大夫南京都察院右佥都御史赠太子少保谥忠介海公之墓”30 字。明代著名的思想家李贽对海瑞的评价：“先生如万年青草，可以傲霜雪而不可充栋梁”，入骨三分。

府城古镇

一里三贤奏雅音，
琼台福地人人仙。
豆蔻花开延才气，
儒风笑舞蔚蓝天。

琼州府城位于海南琼山府城街道和滨江街道东门社区，建于北宋开宝五年（公元 972 年），时称琼州城。元代为琼州路安抚司、乾宁军民安抚使司治所。明洪武三年（公元 1370 年）设立琼州府，改称琼州府城。明代进行了大规模的修筑及扩建。原城墙长 4100 多米，高 9 米多，宽 6 米多，设东、西、南三座城门及四座角楼，有子城、月城、护城河。鼓楼，位于府城文庄路南侧的鼓楼街，原名谯楼，又称文明楼，始建于明洪武五年（公元 1372 年）。明清两代多次重修，保存相对完整。琼州府城是中国最南端的府城，是古代海南的政治、文化、军事中心。

琼台书院

风筝为笺诗为媒，
婢女书生憧新天。
平生所敬是谢宝，
如今几人薄权钱？

琼台书院位于海口市琼山区中山北路，是清代琼州最高学府、海南名胜、海南省重点文物保护单位、海南省旅游涉外定点单位，相传是后人为纪念海南第一才子、明朝大学士、琼台先生丘濬而建。书院始建于清朝康熙四十年（公元 1705 年），据传，由于丘濬号琼台，人称琼台先生，故书院由此得名，也是琼台师专所在地。

五公祠

李纲赵鼎李德裕，
并立李光与胡铨。
万里重展鲲鹏翅，
甘居天涯拓家园。

五公祠又称“海南第一楼”，位于海口市琼山区国兴街道海府路，第五批全国重点文物保护单位。是为纪念唐、宋朝时期贬谪到海南的五位著名历史人物：唐朝名相李德裕、宋朝名相李纲、李光、赵鼎及名臣胡铨而建的，故名五公祠。始建于明万历年间，清光绪十五年（公元 1889 年）重修，后又多次修缮。五公祠为一组古建筑群的统称，由观稼堂、学圃堂、东斋组成，并和苏公祠 、两伏波祠，及拜亭、洞酌亭、粟泉亭、洗心轩、游仙洞，以及园林、井泉、池塘，连成一片。

冼太夫人庙

犬吠婴啼群山静，
铸剑为犁稻花香。
千古英雄难再现，
一代风流颂吉祥。

冼太夫人庙位于海口市龙华区新坡镇，前后两进，是明代进士梁云龙（官至兵部左侍郎）为纪念冼太夫人（公元511～601年，历史上第一位巾帼英雄）所建。后经历代维修，至今已有400多年的历史，保存着历代名人墨客的手迹墨宝。冼夫人，广东罗州石龙郡人（今化州境内），南朝高凉（今广东阳江西）太守冯宝妻。

海底村庄

七十二村浪底摆，
鳖虾客串古戏台。
无忧儒艮无忧岸，
鱼自欢娱人自哀。

海底村庄位于海口市琼山区东北海岸的东营港、北创港、东寨港和文昌市辅前港等地的波涛之中，共 72 个。这是 300 多年前的一次罕见的大地震造成的，是中国迄今发现的历史上唯一的一个陆陷成海的地震废墟。每年 5 ~ 6 月，海水退潮时乘船游览，依稀可见海中村庄废墟，庭院、牌坊、石桥、古戏台等。据史书记载，琼州大地震发生于明朝万历年间（公元 1605 年），震级为 7.5 级，震中烈度为 10 度，震中在琼山塔市与文昌辅前之间。受灾最严重的是琼山、澄迈、临高、文昌四地。大地震导致陆地沉陷的幅度在 3~4 米，陆陷成海的最大幅度在 10 米左右，陆沉面积达 100 多平方公里。

文　昌

文昌市，古称紫贝，自西汉建置已有2100多年历史，为海南三大历史古邑之一。海南文昌航天发射中心所在地，中国第四座航天城，位于琼北综合经济区域“一小时经济圈”内。拥有278.5公里海岸线，为海南海岸线最长的城市。清澜港是国家一级对外开放口岸，南中国海重要港口枢纽，也是三沙市后勤保障基地。文昌市有“九乡”美誉：椰子之乡、华侨之乡、排球之乡、文化之乡、国母之乡、航天之乡、将军之乡、书法之乡及长寿之乡。

东郊椰林

弄潮螃蟹小吊床，
游人足迹一双双。
岂畏大风卷巨浪？
水流椰花片片香。

东郊椰林位于文昌市东郊镇海滨，是海南著名景区之一，椰树成片，椰姿百态。文昌别称“椰乡”，椰子种植面积和产量占全省50%以上，东郊镇又占全市椰子种植面积和产量50%以上，椰树的品种有红椰、青椰、良种矮椰、高椰、水椰等品种，共50多万株。东郊椰林有洁白的沙滩、清澈的海水、近百万的椰树……各样椰树参差错落，路随树转，曲折盘旋，可谓“文昌椰子半海南，东郊椰林最风光”。

文昌椰子大观园

海南椰子笑孔子，
满嘴之乎缠者也。
任它风浪千百虐，
我自疏影画横斜。

椰子大观园是农业部中国热带农业科学院椰子研究所在原有椰子种质资源库的基础上改建而成，位于“椰子之乡”——海南省文昌市，毗邻著名风景区东郊椰林。始建于1980年，园区汇集有200多种棕榈植物、130多种海南特色树种以及世界各地椰子品种17种，是我国目前棕榈植物品种保存最多的植物园区，集中展示了椰子的饮食文化、产品文化、历史文化和精神文化。

文昌航天城

凌空鹰隼穿梦界，
南天探月震九霄。
桂树人喧惊玉兔，
嫦娥渐冷吴刚箫。

文昌卫星发射中心（航天城）位于文昌市，前身为中国发射亚轨道火箭的测试基地，作为低纬度滨海发射基地，文昌航天发射场不仅可用于满足中国航天发展的新需要，亦可通过海运解决巨型火箭运输难题并提升残骸坠落的安全性。海南航天主题公园是海南航天发射场配套区的核心项目，包括：航天科普和科技展示、航天主题娱乐，发射场参观，实时观看火箭发射。

铜鼓岭

风动石动心不动，
海天旖旎鸟空蒙。
铜鼓无音清欢好，
喧嚣尽在波浪中。

铜鼓岭位于文昌市龙楼镇，以铜鼓岭为中心，包括淇水湾、月亮湾、石头公园、宝陵河、云龙湾、大澳湾等，组成铜鼓岭国家级自然保护区。铜鼓岭西连内陆，东濒南海，绵亘 20 多公里，是海南的最东角。铜鼓岭是海南一大名山，素有“琼东第一峰”之称，主峰海拔 338 米，岭上植被生长繁茂，种类众多，兽类有 20 多种，鸟类有 60 多种，形成了一座天然的生态植物园、野生动物园。景区有神庙、和尚屋、尼姑庵等古迹，有仙殿、仙洞、风动石、银蛇石、海龟石等奇岩异石。岭下海域广阔，拥有丰富的水产资源。距海岸四五十米的浅海带上布满五光十色的珊瑚礁。

宋氏祖居

辛亥风云兴文昌，
三朵金花炫光芒。
赶跑皇帝杀鬼子，
嫁人就嫁好儿郎。

宋氏祖居在文昌市昌洒镇古路园村，是韩儒循在清嘉庆年间建造的，采用的是砖木结构，坐西南向东北，二进格局，由两间正屋、两间横屋、两间门楼和院墙组成。从墙上的家谱可看出：宋庆龄的祖父韩鸿翼有三个儿子，即韩政准、韩教准、韩致准，务农。1875 年，宋庆龄父亲韩教准 12 岁时同哥哥韩政准一起跟随舅舅到美国谋生，后来被舅舅收为养子，改名宋嘉树，号耀如，一生有三男三女，依次为宋蔼龄、宋庆龄、宋子文、宋美龄、宋子良、宋子安，均为我国现代史上的著名人物。

文昌孔庙

不读孔子不时髦，
几人跨过状元桥？
读书未必慕阁老，
兰亭流水红袖飘。

文昌孔庙位于文昌市文东路 77 号，始建于北宋庆历年间，明洪武八年（公元 1375 年）迁于现址。它是海南省保存得最完整的古建筑群，也是我国南方最具特色的古文化旅游点之一，被誉为“海南第一庙”，属省级重点文物保护单位，中国唯一一座正门不朝南的孔庙。孔庙大门前立有孔子行教像一尊，大成殿内设有孔子神龛，神像、神牌、四配十二哲神位、皇帝玺印、匾额、楹联，祭器齐全，还增设了孔子箴言、名家书法碑林，孔子七十二弟子图谱、孔子圣迹图、文昌进士碑等。

木兰灯塔

斗转星移回头岸，
一灯高照万船安。
木兰踏浪香风劲，
戎装更比红装妍。

木兰灯塔是矗立在海南岛文昌市北端的铺前镇三角形海湾中的一个航标灯塔，称为“亚洲第一灯塔”。该塔立在木兰湾的西南角的木兰港岸边，海拔 97.2 米，灯塔建筑高度为 72.12 米。1995 年 8 月建成，是我国也是亚洲最高的现代化大型灯塔。由于它的地理位置极其重要，成为海南岛东北部最重要的航标。木栏头，是文昌最北端的海角。湾内水深浪平，岸边海底基础为石质，可停万吨巨轮，距国际航线仅 3 公里。

溪北书院

喜向书院觅师友，
一碑一亭一溪吟。
我今何幸随李杜，
琅嬛澹烟动慈心。

溪北书院位于文昌市铺前镇，是海南清末著名书院之一，现保存完好。书院坐北朝南，规模宏大，南开山口俗称头门，面阔三开间。两边有砖砌的侧间，上为卷棚顶，铺盖琉璃瓦。门匾上为清末著名书法家杨守敬书写的“溪北书院”四个大字。书院于清光绪十九年（公元1893年）所建，由清末著名书法家潘存发起，在雷琼道朱采和粤督张之洞的支持下筹资建造。从书院建成至宣统三年间，曾聘任不少学者在此讲学，培养了大批人材。辛亥革命后一直作为学校使用至今。

七洲列岛

凭栏莫眺七洲洋，
征旅梦迷鸟天堂。
为谁痴狂渔舟入？
惊诧马鲛斗金枪。

七洲列岛位于文昌市东部，由南峙、双帆、赤峙、狗卵脬、灯峙、北峙、平峙共 7 个岛组成，文昌渔民称其为“七洲峙”，自古名列文昌八景之一。七洲列岛所在海域称为“七洲洋”，是一个海产丰富的天然渔场，还有神秘的海上洞穴、斑斓的海底世界。有世界罕见的地质奇观——海蚀隧道。几乎每一座岛屿都有一两个洞穴，尤其是双帆岛和灯峙岛上的洞穴，穿透了整座岛屿，形成了小舟通行的“隧道”。七洲列岛的另一个显著特点就是“鸟的天堂”。这些鸟并不做窝，靠近大海的岩石下，东一只西一只遍地都是鸟蛋。

定　安

定安县位于海南岛的中部偏东北，面积 1189 平方公里，是琼剧的发源地，名伶辈出，素有“无定安不成剧团”之说，被誉为海南“琼剧之乡”。2011 年 11 月，文化部授予定安“中国民间文化（琼剧）艺术之乡”称号。

南丽湖

早年寻梦入嚣尘，
中年泛湖怀天真。
闲鱼不识严陵钓，
紧随小艇唤丽人。

南丽湖位于定安县城东北30公里，被列为省级风景名胜区，是琼北最大的人工淡水湖。1958年修建了南扶水库，原来的高山峻岭成了湖中小岛，有方的，有圆的，有长的，共13个。小岛上的树木竹、丛葱翠欲滴，湖水清澈，碧波荡漾，环境幽静雅致，气候温和，终年宜浴、宜钓，是旅游度假的理想之地。

文笔峰

五彩花开文笔峰，
缤纷湖海写轻松。
玉蟾阁外儒释道，
进退荣衰理相通。

文笔峰位于定安县的中部，平地拔起，山色秀美，为定安八景之一。文笔峰从山腰至山顶主要由玄武岩和片理岩组成，山上植被茂盛，山顶常有云雾缭绕。又名文豪岭，古时这里出了不少的文人才子，被明神宗誉为“三朝硕士，一代伟人”的礼部尚书王弘诲，就出生在文笔峰脚下雷鸣镇龙梅村。王弘诲一生著作很多，文学上颇有成就，著有《南溟奇句录》《尚友堂稿》等。至今，龙梅村还有一座为纪念王弘诲的明代牌坊，造型古朴雄伟、坚固大方，名“太史坊”。

母瑞山

欲求涅槃先求火，
琼崖壮士不唯书。
红军潭溅自由血，
当时却道何所图？

母瑞山位于定安县南部山区，是琼崖革命二十三年红旗不倒的“摇篮”。在两次国内革命战争时期，琼崖将士发扬艰苦奋斗的革命精神，为全国革命的胜利和海南的解放立下不朽功勋。为缅怀先烈，启迪后人，海南省委、省政府于1993年2月在国营中瑞农场，原红军操场遗址上修建了母瑞山革命根据地纪念园。2005年，母瑞山革命纪念园被中央确定为全国100个红色旅游经典景区之一。纪念园中央竖立着母瑞革命根据地创建人——王文明主席、冯白驹将军3.5米高的铜像。

久温塘火山冷泉

古榕氤氲冷泉中，
绿岛香梦随大同。
彩蝶恋花归来晚，
谁约月圆睡春风？

久温塘火山冷泉位于定安县龙门镇久温塘村，是迄今为止发现的中国内陆最大的热带富硒冷泉。冷泉日自涌量达 4 万立方米，无色，无味，清澈透明，常年水温 23℃ ~ 25℃，夏凉冬暖，清甘可口，符合饮用天然矿泉水最佳标准。冷泉地带植被保护得非常好，满目青葱，古榕连片，怪石嶙峋，卵石遍野。近百股清泉源头从石缝里汩汩流淌，泉水叮咚，汇集成塘，流归万泉河。四季陌上花开，小鱼如织，彩蝶围绕泉边翩翩飞舞，人如置身画中，是清暑纳爽、休闲养生的好去处。冷泉附近还有一个万年火山口——元宝山，形成于数十万年前的一次火山爆发。

海南热带飞禽世界

纵有飞船遨太空，
不如百鸟唱南风。
远近无非谋一饱，
向阳花木最玲珑。

海南热带飞禽世界地处海南省定安县塔岭开发区，是目前国内最大的鸟文化主题公园，展示着 300 余种 30000 余只各式热带飞禽，涵盖了海南鸟类的绝大多数。这里面有世界最大的鸟——鸵鸟，有世界上第二小的小鸟——珍珠鸟，有飞得最高的鸟——天鹅，有鸟中潜水冠军——凤头潜鸭……特别值得一提的是，其中有 50 余种鸟类，都属于海南独有的鸟类或亚种，一般游客难得一见。园区有两座标志性建筑，九凤壁（国内第一座九凤壁，海南首座巨型浮雕）、见龙塔（建于公元 1751 年，至今已有 260 多年的历史，2008 年被列为省级文物保护单位，七层高 27 米，是海南目前保存最完整的一座古塔），一古一今，交相辉映，合称“龙凤呈祥”。

定安古城

明清听戏小苏州，
见龙塔下老骑楼。
最嗲定城娇娘子，
一声婉转解百愁。

明清时期的定安古城，始建于明成化二年（公元 1466 年），曾经繁华热闹一时，是定安政治、经济、文化的中心，素有“小苏州”之称。现存西门、北门，城墙则存西北、西南二段，长约 1000 米，遗存众多文物古迹，解元坊、亚元坊、清潭亭、见龙塔、县官衙、文庙、明照阁、百年老街骑楼等，2008 年，定城镇被评为全国历史文化名镇。古城历经 500 多年，期间曾经多次修理，是海南现存唯一较完好的县治城垣。

琼　海

琼海市，位于海南岛东部，土地面积1693平方公里，著名侨乡之一。1983年，在新市乡的土吉尾、排岭坡发现的新石器时代遗址表明，四千多年前，这里就有人类繁衍生息。由25个亚洲国家和澳大利亚发起的博鳌亚洲论坛，于2001年2月27日在琼海市万泉河的博鳌镇召开，海南就此成为博鳌论坛总部驻地。

万泉河

亚洲文明彰博鳌，
盛世中华亦无俦。
红色娘子曾豪迈，
却笑须眉枉风流。

万泉河，以前又称白泉河，是海南岛第三大河，位于岛东部，发源于五指山，全长 163 公里，流域面积 3693 平方公里。沿河两岸典型的热带雨林景观和巧夺天工的地貌，令人叹为观止。万泉河是中国未受污染、生态环境优美的热带河流，被誉为中国的“亚马逊河”。名歌《我爱五指山，我爱万泉河》、《万泉河水清又清》和名剧《红色娘子军》使万泉河美名远扬，成为来琼中外游客必游之地。

博鳌水城

江河湖海就一笔，
玉带滩头花填词。
三岛相望风送爽，
渔村暮色归帆疾。

博鳌水城位于琼海市博鳌镇，融江、河、湖、海、山麓、岛屿于一体，集椰林、沙滩、奇石、温泉、田园等风光于一身。东部的一条狭长的沙洲“玉带滩”把河水、海水分开，一边是烟波浩瀚的南海，一边是平静如镜的万泉河，在山岭、河滩、田园的环绕下有保存完美的沙美内海。万泉河、九曲江、龙滚河三江交汇，东屿岛、沙坡岛、鸳鸯岛三岛相望。东屿岛是万泉河入海口三座岛屿中最大的一个岛，岛上遍布红树林、椰林、槟榔、野菠萝等热带植物，地形平缓，植被繁盛，环境幽雅，水田纵横，石路蜿蜒，民居古朴，自然景观和人文景观保存良好。

白石岭

白石岭上笑白石，
不外小虾逗小鸡。
青狮眺目仙女洞，
百灵泉涌报相知。

白石岭位于琼海市西南 12 公里处，由登高岭等山岭组成。登高岭是白石岭最高峰，海拔 328 米，变化万端，移步换形。山上怪石嶙峋，千姿百态，石洞幽深，神奇莫测。每当云雾缭绕，山峰忽隐忽现，变化万千，如在虚无缥缈之中。山岭顶上有一块千吨巨石，颜色苍白，故而得名白石岭。

蔡家豪宅

都说南洋钱好赚，
不知番客血泪全。
海云来去魂未定，
醉里笙歌诉雕栏。

蔡家豪宅位于海南省琼海市博鳌镇留客村，是当年印尼侨领蔡家森兴建，有大大小小的房间五十多间。主人蔡家森有四兄弟，父亲早逝，家境贫寒，蔡家森带着两个弟弟跟随“去番”的热潮，前往印度尼西亚谋生，历尽千辛万苦，从事橡胶种植和船务航运，经过多年奋力打拼，成为当地赫赫有名的富商和印尼“番客”中的侨领。1934 年，蔡家森回到琼海留客村，盖起了蔡宅。其布局犹如迷宫，从外观看更像一座古城堡。至今仍保存完好，有“侨乡第一宅”之誉，代表着一段历史，也代表着一种建筑文化，充满着传奇色彩。

聚奎塔

碧莲红荷到眼前，
时代盛衰一塔瞻。
数点残星登高处，
旷野应怀诗意鲜。

聚奎塔位于琼海市塔洋镇西南约500米处，矗立在田洋之上。塔洋镇，因一塔一洋而得名。在高低参差的椰冠丛中，聚奎塔巍然耸立，它是海南保存最完整的古建筑之一，历经四百多年的风吹雨打。据《琼东县志》记载，聚奎塔为明代万历二十一年（公元 1599 年）琼东知县卢章兴建。据传在建塔期间的一个夜晚，卢章在梦中看见一位名叫宵霍的人，身穿青衣裙，站在塔顶念道："奎塔插天连甲第"。因此命名"聚奎塔"。塔高近 30 米，每升高一层，高与宽都相应缩减，塔身中空，底有塔座，四周有墙，正门朝北，门楣上端有塔名石匾。塔体仿唐代建筑，造型古朴别致。

万　宁

万宁市，位于海南岛东南部沿海，土地面积 1883.5 平方公里。万宁素有长寿之乡、咖啡之乡、槟榔之乡、温泉之乡、书法之乡、华侨之乡、海南美食天堂、中国冲浪之都等美誉。特产东山羊、和乐蟹均为海南四大名菜之一，东山羊鲜而不膻，据传系食东山岭特产鹧鸪茶等稀有草木所致；和乐蟹脂膏金黄油亮，犹如咸鸭蛋黄。古万州（今万宁）盛产槟榔，亲朋往来非槟榔不为礼。

东山岭

第一山上第一人，
潮音说偈花天真。
鹧鸪婉约羊豪放，
东山再起别样春。

东山岭坐落在海南省东海岸，距万宁市区1.5公里， 面积10平方公里，由三座山峰相依而成，海拔184米。东山岭自然风光秀丽，景物得天独厚，人文景观奇特，素有“海外桃源”、“海南第一山”之称。更有东山“三宝”，东山三宝——羊、茶、泉。东山羊誉满海南。体壮肉嫩，肉薄膘少，没有膻味。东山岭地处热带海滨，肥沃的土壤，海洋的调节，丰沛的降雨，孕育了名茶——鹧鸪茶。观狮台旁边“飞来石”上刻有“海南第一泉”五字，石下泉水，终年流淌，称“仙泉”，清冽甘甜，是为佳泉。景点有：一线天、七峡巢云、仙舟系缆、三十六洞、华封岩洞、潮音寺、蓬莱香窟、瑶台望海、碧水环龙、冠盖飞霞、梦云缭绕等。

兴隆华侨农场

太阳河畔母亲怀，
海舟泊岸万侨归。
橡胶咖啡胡椒粉，
雄鸡再唱尽朝晖。

全国最大的华侨农场——兴隆华侨农场，位于万宁市境内美丽的太阳河畔，以其独特的归侨风情、温泉度假和兴隆咖啡闻名海内外，是中国华侨农场的一面旗帜。周边旅游景点：兴隆侨乡国家森林公园、石梅湾、兴隆国家绿道、兴隆南国热带植物园、加井岛、大洲岛、海南天涯热带雨林博物馆、神州半岛、日月湾等。其中的兴隆热带植物园始建于 1957 年，是海南最早对外开放参观的热带植物园，汇集有咖啡、胡椒、香草兰、可可等热带经济作物和榴梿、山竹子等名优稀特果树，计 1200 多种，保存有见血封喉等野生植物资源和珍稀物种。

神州半岛

牛标岭上五岁帝，
一扇灭寇有玄机。
公鸡钓鱼老爷海，
夕阳芳草迎牧笛。

神州半岛距兴隆华侨旅游区 10 公里。神州半岛三面环海，一面接陆，东依牛标岭，南濒浩瀚南海，西靠老爷海港口，北临东澳港，气候温和，四季如春。神州半岛有美丽的海湾，洁白松软的沙滩曲折悠长。海湾深入的后海渔场，渔舟如梭，网群如云。广阔深海盛产马鲛鱼、带鱼、西刀鱼、墨鱼等，是海南著名的渔业生产基地。海湾里的石岛，离海岸百米步左右，形似三角形，全由大石叠成，涨潮时漂在海中，潮退后又与陆地相连。这里的岩石千姿百态，天生地设般又奇又巧。有公鸡石、乌龟石、钓鱼石等奇石。

六连岭

海南井冈荔枝炮，
红旗招展敌遁逃。
连峰耸翠鸟唤侣，
彩云变脸雨潇潇。

六连岭因六峰相连而得名，其六峰是：带尖顶、太师椅、石狗咀、三支香、鼻谷架、第一架，高度相差不大，最高峰太师椅峰海拔 558 米。逶迤腾浪，古时有“连峰耸翠”的美名，是万州八景之一。六连岭不仅以其高峻的山峰、美丽的森林而闻名，而且岭中有无数深涧石洞，古时为鹿麋唤侣聚会之所。六连岭属五指山支脉，北至琼海、定安交界处，南和陵水、保亭两县接壤，西与马鞍山相连，东临大海。山脉南北走向。战争时代，琼崖革命志士在此建立革命根据地，曾被誉为“海南的井冈山”。

石梅湾

南风吹我青皮林，
龙虾海贝攒落英。
沙滩一片白如雪，
多少闲云不出声。

石梅湾，由两个形如新月的海湾组成，被世界旅游组织专家赞誉为海南现存未开发的最美丽海湾。区内自然资源丰富，碧海、青山、白沙、奇石、岛屿、椰林、溪流于一体，山清水秀，景色宜人，充满原始的热带原生态自然风光。沿海湾绵延数十公里的茂密青皮林带，是从清朝就立碑保护的，目前世界上发现的第二个也是面积最大的海滩青皮林，至少已有 4000 年历史，现列为省级自然保护区。

大洲岛

雾绕云缭金丝燕，
碧波低蘸壁上行。
红楼梦外再无梦，
又闻海上响驼铃。

大洲岛又名燕窝岛，有“南海明珠”之称，位于万宁市境内，是海南近海的最大岛屿。是我国唯一的金丝燕栖息地。岛上悬崖石洞扑朔迷离，金丝燕就在阴暗狭窄的缝隙洞中成群造巢——唾液胶和种种材料构筑而成闻名中外的燕窝。岛上有南北两岭对峙，中部有前后港相望，中间有长 700 米、宽 50 米的沙带连接。岭上终年泉水清冽，巨石屹立，秀木葱翠，渔舟泛海，燕子飞舞。大洲岛外有 10 个渔埠，岸外百米即可停泊万吨巨轮。1990 年获准建国家级大洲岛海洋生态系统自然保护区。

陵　水

陵水黎族自治县，位于海南岛东南部，总面积 1128 平方公里。以黎族、汉族、苗族人口居多，“大杂居，小聚居”。自然资源十分丰富，矿产、热带作物、旅游和海洋资源尤为得天独厚。陵水县始置于隋大业六年（公元 610 年），1987 年 12 月 31 日设陵水黎族自治县。“民性朴直”（《琼州府志》），襟怀坦诚，不存嫉妒之心，热情好客。

分界洲岛

碧霞苍雪龟吹浪，
美女岛上吻情郎。
人生得意当至此，
谁的青春不飞扬？

分界洲岛位于陵水县东北部海面上，岛上有众多珍稀植物和动物。分界洲岛所处位置是海南岛重要的分水岭，牛岭的一部分，南北气候大异。在这里常常可以看到奇观：夏季时，岭北大雨滂沱，岭南却是阳光灿烂；冬季时，岭北阴郁一片，而岭南却是阳光明媚。岛东面悬崖峭壁，浪花如雪；西面则有一波平浪缓的小海湾，湾内的沙滩松软细白。岛周围海水清澈，与沙滩相衔接，构成了一副天然画卷。据当地的渔民说，每年八月十五中秋前后，会有大量的海龟来到这里产卵。这些海龟从海里爬到沙地上，掘沙产卵，然后用沙把卵埋了起来，通过沙地接受阳光产生温度孵化小龟。

陵水苏维埃政府旧址

革命检讨大城市，
海角独行杨善集[①]。
不畏妖孽不畏血，
高擎斧镰第一旗。

注：①杨善集（1900~1927），字义甫，笔名杨白，海南琼东（今琼海）人，中共早期的革命活动家，海南地区党组织和革命武装的创建人之一。1927 年 9 月 23 日牺牲，年仅 27 岁。战友聂荣臻曾赞誉：“杨善集同志短暂的一生，一贯忠诚于党的革命事业，他是一位好同志。”

陵水苏维埃政府旧址位于陵水黎族自治县椰林镇中山东路 22 号，原为琼山会馆，始建于民国十年。1927 年，大革命失败后不久，琼崖第一个红色政权——陵水县苏维埃政府就在此诞生。新中国成立后，陵水苏维埃政府旧址被列为省级文物保护单位，现为国家级重点文物保护单位。这是一幢祠堂式的多进式院落，尽显奢华，气度不凡。

南湾猴岛

南湾不是南泥湾，
悟空归来佛经藏。
海上街市接仙境，
唐僧犹悔返长安。

南湾猴岛坐落于陵水县南约 14 公里处的南湾半岛上，三面环海，气候温和，林木繁茂，峰峦起伏，四季如春，是我国也是世界上唯一的岛屿型猕猴自然保护区。观猴的最佳时节是在每年的 10 月底至翌年的 2 月初，这是母猴发情期，身体强壮的公猴会向猴王挑战，以胜负夺王妃，胜者为王，败者落荒而逃或俯首臣服。南湾半岛因猕猴种类独特、种群众多被列为省级自然保护区，现有猕猴 29 群 2000 多只，为国家二级保护动物。

吊罗山国家森林公园

漫山词境花独语，
小妹湖幽隐碧螺。
飞瀑只是寻常物，
闲云流转翠禽啄。

吊罗山是我国极为珍稀的原始热带雨林区之一，公园拥有湖光山色、峰峦叠嶂、飞瀑溪潭、巨树古木、奇花异草、珍禽稀兽、岩洞怪石等众多天然旅游景观，且有枫果山瀑布群以及秀美的南国田园风光。吊罗山林区属热带海洋季风气候，年降雨量高达 2160 毫米。枫果山瀑布群在海南享有盛名，全长约 1.5 公里，有十多级瀑布，较大的有 4 个，最大的仙涧潭瀑落差达 150 米，幅宽约 30 米。

三　亚

三亚市，别称鹿城，位于海南岛的最南端，陆地总面积 1919.58 平方公里，海域总面积 6000 平方公里。是中国最南部的热带滨海旅游城市，中国空气质量最好的城市、最长寿地区（平均寿命 80 岁）。三亚又被称为“东方夏威夷”，位居中国四大一线旅游城市“三威杭厦”之首，拥有全岛最美丽的海滨风光。是海南省南部的中心城市和交通通信枢纽，中国东南沿海对外开放黄金海岸线上最南端的对外贸易重要口岸之一。一万年前，一支古人类的重要系脉“三亚人”就在这里繁衍生息。

鹿回头

人不回头鹿回头，
任其悠悠天际流。
放下弓箭意马骋，
嫁与猎手得清游。

鹿回头位于三亚市南 3 公里处，是海南岛最南端的山头，三面临海，状似坡鹿，高 275 米。登上鹿回头山顶，三亚市全景尽收眼底。传说古代一位英俊的黎族青年猎手，持弓追赶一只坡鹿，从五指山翻越九十九座山，涉过九十九条河，直至南海之滨，山崖之下便是茫茫大海。那只坡鹿突然停步，站在山崖处回过头来，目光清澈而美丽，凄艳而动情，青年正在张弓搭箭的手木然放下。忽见火光一闪，烟雾腾空，坡鹿变成一位美丽的黎族少女，两人遂相爱结为夫妻，并定居下来，此山因故得名“鹿回头”。而今，“鹿回头”已成为海南岛最高雕塑，三亚市因此得名“鹿城”。

大东海

笑谈古今人不老，
冲浪鸳鸯欲行早。
浅斟低唱观海亭，
拾贝扬帆解浩渺。

大东海是海南著名的海滩之一，位于三亚市东郊，是一个自然形成的半月形浅水海湾，南面是浩渺无边的大海，是一个不可多得的滨海游览区。大东海旅游区内沙平水清。岸边的木麻黄，翠绿成荫，五颜六色的海滩贝壳散布在海滩上，信手可得。这里四季如春，水暖沙平，冬季水温 18℃，是冬泳避寒胜地、度假休闲者潜海观光、海水浴、阳光浴的理想之地，被国家旅游局评为中国“四十佳”旅游景点之一。顺着海滩东行三四百米，是一座滨海小公园。另有白鹭公园，是白鹭的天堂。

蜈支洲岛

金龟探海情人岛，
夜光螺照小马鲛。
珊瑚慢摇龙王殿，
浪底屈原改离骚。

蜈支洲岛属热带海洋气候，全年温和气爽，四季怡人，是度假、休闲、避寒、冬泳、娱乐的理想去处。岛上有 2000 多种植物，东、南部最高峰海拔 79.9 米。西及北部地势渐平，沙质细白。环岛海域水清见底，能见度极高，可达 27 米。盛产夜光螺、马鲛鱼、海胆及五颜六色的热带鱼。南部水域海底珊瑚礁保护很好，五彩斑斓。这里是海上娱乐特别是潜水观光的首选之地，享有“中国第一潜水基地”美誉，是世界上唯一没有礁石或者鹅卵石混杂的海岛。清朝（公元 1893 年）时建了一处庵堂，取名为“海上涵三观”，供奉的是汉字的创始人仓颉，在国内亦属罕见。

海棠湾

山居难如海居乐，
海棠睡去岂易得？
俯仰天地寄幽远，
风口浪尖竞闻歌。

海棠湾位于三亚市东北部海滨，与亚龙湾、大东海湾、三亚湾、崖州湾并列五大名湾。与亚龙湾、大东海相比，这里集碧海、蓝天、青山、银沙、绿洲、奇岬、河流于一身。海棠湾其实只是“半湾”，地处三亚市海棠镇与陵水黎族自治县英州镇交界处，因为行政区划的原因，本来完整的海湾被一分为二，属于三亚境内的一半取名海棠湾，属于陵水境内的那一半取名为土福湾。海棠湾内有“神州第一泉”南田温泉、铁炉港、伊斯兰古墓群、海棠秀、蜈支洲岛、椰子洲岛等名胜古迹。

天涯海角

窈窕丰姿涛胜雪，
一尺天涯两情牵。
孰谓海角无宝物？
几块石头最值钱。

天涯海角游览区是海南第一亮丽品牌。碧海、青山、白沙、巨磊、礁盘浑然一体，椰林、波涛、渔帆、鸥燕、云层辉映点衬，形成南国特有的椰风海韵。“天涯海角”一词，早时是用来表达一种异乡情结。宋代名臣胡铨的“区区万里天涯路，野草若烟正断魂”的诗句与唐代宰相李德裕的“一去一万里，千之千不还”都表达游子之情。清雍正年间，崖州知州程哲在景区一海滨巨石上题刻了“天涯”二字，民国时期当地政要又在相邻的巨石上题写了“海角”二字，使这里成了名副其实的“天涯海角”。相隔不远处的“南天一柱”巨石，雄峙南海之滨，笑傲惊涛骇浪，据说是清宣统年间崖州知州范云榜所书。

三亚海上观音像

阿弥陀佛向南溟，
从此台风绕道行。
谁知海上无尘地，
初一十五月月明。

1999年，农历九月十九日，三亚举行了隆重“南山海上观音”敬造工程开工典礼。敬造工程因其规模宏伟、意义殊胜、佛理底蕴丰富，被誉为“世界级、世纪级”的佛事工程。原中国佛教协会赵朴初会长欣然为圣像题名——“南山海上观音”。工程历时六载，于2005年4月15日建成，24日（农历三月十六日，准提菩萨诞辰日）举行了盛大的开光仪式。观音像一面是手拿莲花，另一面是手拿金书，还有一面是手拿佛珠。为正观音的一体化三尊造型，宝相庄严。有三个世界级独创：一是海上108米的高度，比灵山大佛高10米，比美国自由女神像高12米；二是三面“白衣观音”像；三是拥有总面积1.5万平方米的海上圆通宝殿。

亚龙湾

老来故乡久久违，
白沙绿叶频频催。
第一湾前几回醉？
仙人掌下仙人归。

亚龙湾是海南最南端的一个半月形海湾，全长约7.5公里，是名景之一。海底世界资源丰富，有珊瑚礁、各种热带鱼、名贵贝类等，被誉为“天下第一湾”。亚龙湾集中了现代旅游五大要素：海洋、沙滩、阳光、绿色、新鲜空气，呈明显的热带海洋性气候，适宜四季游泳和开展各类海上运动。在这里，可以清晰地看见10米以下的海底景观，自然资源国内绝无仅有，可与国际上任何著名的热带滨海旅游度假胜地媲美。

落笔洞

落笔洞洞洞笔落，
尖峰岭岭岭峰尖。
谁说海南无才子？
气跑东坡恼谪仙。

落笔洞，又名落笔峰，位于一座造型奇特的小山峰上，为天然石灰岩溶洞。洞的中央有两根钟乳垂吊，形如巨笔悬空。1992年3月，考古学家在落笔洞发现一万年前的三亚遗址，是迄今为止中国旧石器文化分布最南的一处遗址。景区色彩神奇，摩崖石刻甚多。另有众多的酷肖马、犬、猴、龟等的石景。洞外古树参天，荫翳蔽日，蝉翼惊秋，鸟鸣山幽，依稀中似有股仙气缭绕。明《正德琼台志》记载："其中有：石形如悬笔，笔尖滴水不断。"可知此洞在古代已知名于世。

大小洞天

海山奇观仙人足，
试剑峰前客踌躇。
中华神鳌揽潋滟，
大洞小洞洞洞福。

大小洞天风景区，即原海山奇观风景区、古称鳌山大小洞天，有800多年历史，以其秀丽的海景、山景和石景号称琼崖第一山水名胜。风景区内至今仍有“小洞天”、“钓台”、“海山奇观”、“仙人足”、“试剑峰”等历代诗文摩崖石刻。据史料记载，宋代南宗五祖白玉蟾，因喜南山神秀，归隐于此，修建道观，传播道家思想。南宋淳佑年间，郡守毛奎就任于此，先后发现大、小洞天，遂对这一景区进行开发，留有《大小洞天记》等石刻文字。道家素有10大洞天、36小洞天和72福地之说。1962年，郭沫若在《游崖县鳌山》一诗中誉之为”南溟奇甸”。鉴真群雕取材鉴真一行第五次渡海漂船着陆的史实。

南田温泉

落霞窈窕椰林晚，
鸳鸯无虑池中欢。
清闲最是撩人处，
小鱼濯足第一泉。

位于三亚的南田农场境内，与蜈支洲岛隔海相望，属于大型医疗热矿水田，被誉为“神州第一泉”。南田温泉建有34个温泉池，属低温温热矿水，矿化度很高。功能各异的温泉池分布在天然椰林中，一池一景，水吧温泉泳池犹如巴厘岛风情。南田农场的六大农业观光园：芒果园、人心果园、槟榔园、椰子园、咖啡和可可园、橡胶园可供游人参观。

澄　迈

澄迈县，位于海南岛的西北部，毗邻省会海口市，与广东雷州半岛隔海相望。陆地面积 2072 平方公里，海域面积 1100 平方公里。自西汉元封元年（公元前 110 年）置县，至今已有 2100 多年，史脉久远、人文炽盛，因古县治老城有“澄江”、“迈山”，故取山水名之首定县名为“澄迈”。特产有福山咖啡、苦丁茶、美亭香蕉、咖啡酒、无核荔枝、椰仙苦丁茶、福橙、瑞溪粽子、金江甜糟面团、金江酸菜、瑞溪腊肠、金江年糕、金江粿卷、金江粉、翻砂芋头、富硒地瓜、福山咖啡糕、长安米饼、瑞溪牛肉干、福山烤乳猪等。

金山寺

澄江迈山如来地，
何必天竺渡群黎？
沃野少建功德坊，
牛羊满坡花满溪。

澄迈金山寺，规模宏伟，是海南省目前较大的佛教建筑物。该寺院始建于明朝洪武年间，新中国成立前夕毁于兵乱，1993年重建。迎面山门一副脍炙人口的楹联：“自在自观观自在，如来如见见如来”；二级天王殿内供奉着弥勒大佛，殿门楹联：“暮鼓晨钟警醒世间名利客，经声佛号唤回苦海梦迷人”；三级大殿上方悬挂赵朴初题写的“大雄宝殿”匾额，殿门楹联：“怀万斯寻甘霖沾浴雨，大千世界福地涌祥云”。

南渡江

一江来从五指中，
两岸葱茏尽娇娆。
寻常唯看天边鹤，
南渡北上总逍遥。

南渡江，又称南渡河，古称黎母水、北昌溪，海南岛最长河流。发源于海南白沙县南峰山，斜贯海南岛中北部，流经白沙、琼中、儋州、澄迈、屯昌、定安等市县至海口市入琼州海峡。江长 314 公里，水源丰富，流量大。流域气候有明显的干湿两季，又多暴雨，故河流流量和水位常出现暴涨暴落，暴雨后山洪暴发，河水猛涨，立即可达最大洪峰。一年中河流水位出现两次高峰，时有洪潮灾害。建有松涛水库、龙塘大型滚水坝等。

屯　昌

屯昌县，位于海南岛中部偏北，北距省会海口市中心85公里，土地总面积1231.5平方公里，地处五指山北麓，南渡江南岸，是琼北台地进入五指山区的咽喉。农副产品资源丰富，被誉为“橡胶之县”、“槟榔之乡”、“林业大县”。屯昌黑猪以皮薄、肉嫩、味美驰名省内外，屯昌阉鸡、枫木苦瓜、南坤木薯淀粉、黄岭与坡心的果蔗等也具有较高知名度。羊角岭水晶矿是全国最大的水晶矿藏。

枫木鹿场

秦失其鹿隐枫木，
杜康不足解国忧。
君有嘉宾鼓琴瑟，
谁能共我鸣呦呦？

枫木鹿场是中国南方规模最大的综合性养鹿场之一，场内山清水秀，空气清新，水草丰茂，为鹿群半牧半圈饲养方式提供了良好环境，是坡鹿、水鹿、马鹿、梅花鹿、麋鹿和黄鹿生活乐土。

屯昌卧龙山

仙人点灯补天石，
天龙八部摘荼蘼。
沈腰潘鬓消磨尽，
绑牛栏外吟牛诗。

卧龙山海拔 499 米，有四个山峰和几个高低不等的小山岭蜿蜒相连。山峦叠嶂，峭壁摩空，气势磅礴，状如卧地长龙。山石千姿万态，景观奇异，有龙口石、龙脑盖、金砖石、鸟石、仙人点灯、仙斋石、绑牛栏、补天石、仙女巷、仙女洞、石屋清泉、石床等，自古以来就有“卧龙山景观十二绝”景观，巧夺天工，惟妙惟肖。山下有一龙湖，湖水清幽，绿树郁葱。

深田湖

梭罗早知深田湖，
绝对不去瓦尔登。
水如碧玉山如黛，
鱼米人家种绿橙。

深田湖享有“屯昌明珠”之美称，呈半月形镶嵌在绿山翠野中，湖水如碧玉，青山若翡翠，尽显热带山水的秀色。深田湖里有两个半岛，宛如两把绿色的巨伞，岛上散布着许多石头，有的像桥，有的像桌。泛舟湖中，如行画中，但见青山如黛，满眼翠碧，又有渔舟钓艇、木排竹筏穿梭湖中，静中有动，动中有静，甚为美妙。

洪斗坡白鹭鸟乐园

仙鹭呈祥洪斗坡，
人欢鸟唱太平歌。
朵朵白云栖绿树，
年年小善积大德。

洪斗坡白鹭鸟乐园位于屯昌县大同乡洪斗坡村，是一个完全由村民自觉保护的自然景观。由于环境独特，每年有数千只鹭鸟，从遥远的地方迁徙南来，成了鸟的天堂。一群群白鹭栖息在林间树上，有的嬉戏对鸣，有的梳理羽毛，有的哺喂雏鸟，有的安详自若，楚楚动人，树枝上、树丫间，鸟窝星罗棋布，鸟群落在翠绿的树冠上，如白花朵朵，美不胜收。

屯昌南吕岭

溪险洞危石嶙峋，
归鸟孑影附斜阳。
中兴神话洗礼后，
射雕英雄垦农庄。

南吕岭位于屯昌县东南部，溪险洞危，神秘莫测，海拔 765 米，挺拔险峻。山洞深邃弯曲，溪涧水清石秀，怪石嶙峋。一潭飞瀑奔泻而下，落差 20 米，犹如一条白练飘于山间。瀑下有一潭，水花四溅，常有云雾缭绕其间，蔚为壮观。

琼　中

琼中黎族苗族自治县，地处海南岛中部，五指山北麓，土地面积 2704.66 平方公里。动植物资源十分丰富，种类繁多。稀有珍贵野生动物主要有黑熊、长臂猿、猕猴、金钱豹、金钱龟、山鹿、孔雀雉、穿山甲、蟒蛇、毛鸡、原鸡、鹦鹉等，金钱龟产量为全省之首。鸟类有 300 多种，主要有留鸟和候鸟，留鸟有鹭、鸠、啄木鸟、鹧鸟、鹃鸟、鹰、莺鸟、燕、鹊鸟、画眉、鹛鸟等，候鸟有莺、鹧、鸫、翁鸟、鸥、鸲、野鸭、隼、鹞、沙锥、行鸟、鹳、鹨、杜鹃等。国家一级保护珍贵树种海南粗榧、坡垒、格木、海南紫荆木、猪血木等六种，还有能预测风向的“知风草”，被誉为“天下第一香”的墨兰，清香四溢的安乐兰等十多种奇花异草。

百花岭瀑布

百花挂瀑瓣瓣诗，
独木成林枝枝词。
野猴野鹿何所恋？
七月流火风习习。

百花岭是五指山腹地令人神往的风景区。主峰海拔 1100 米，与东南面的五指山、西北部的黎母山形成鼎立之势。山侧的观音庙，飞檐重宇，雕梁画栋，金碧辉煌。庙边有一棵古老的榕树，枝伸根垂，古态龙钟。迎面山腰间有一气势磅礴的飞流，便是海南省落差最大的百花岭瀑布，因喷出的水像花雨而得名。瀑布的源头在海拔 700 米的第二峰上，似一道银链悬挂在山间，水流顺崖而下，飞珠溅玉，形成四级瀑布，飘逸而下 300 米。百花岭上古木参天，还有猴子、野鹿等珍贵野生动物。

黎母山国家森林公园

一山三江云间挂，
自由蝴蝶闪黎家。
白鹇羞约巨松鼠，
槟榔湖外品野茶。

黎母山，自古以来被誉为黎族的圣地。黎母山国家森林公园位于海南中部琼中县境内，与儋州、白沙交界，是海南三大江河——南渡江、万泉河、昌化江的发源地。公园自然风光奇特，民族风情浓郁，地处热带常绿季雨林地带，是中国热带生物资源最丰富的地区之一，主峰海拔 1411.7 米，山势雄伟陡拔。黎母山四季如春，冬暖夏凉。峻山、雨林、飞瀑、流泉、奇石、怪洞、多雾等，构成自然景观。林区内繁衍生息着百种野生动物，其中 11 种两栖类动物仅见于海南，8 种属中国特产。这里还是蝴蝶的王国，有 11 科 18 种彩蝶，珍贵的有凤蝶、蛱蝶、粉蝶等 7 种。

画家简介

郭泽光，著名画家，20世纪60年代出生于海南省三亚市，曾求学于法国、意大利与俄罗斯等地的美术学院，多幅作品获得优秀奖，部分作品被美术馆收藏。现为海南省美术家协会会员，海南省油画研究会会员，海南省三亚市美术家协会副主席，三亚市画院副院长，深圳市大芬画院创作部副主任。推崇“艺无止境”。

郭泽光　绘

郭泽光　绘

郭泽光　绘

郭泽光　绘

郭泽光　绘

郭泽光　绘

郭泽光　绘

郭泽光　绘

郭泽光　绘

郭泽光　绘

郭泽光　绘

郭泽光　绘

郭泽光　绘

郭泽光　绘

郭泽光　绘

郭泽光　绘

郭泽光　绘

郭泽光　绘

郭泽光　绘

郭泽光　绘

郭泽光　绘

郭泽光　绘

郭泽光　绘

郭泽光　绘

郭泽光　绘

郭泽光　绘

郭泽光　绘

郭泽光　绘

郭泽光　绘

郭泽光　绘

郭泽光　绘

郭泽光　绘

五指山

五指山市，位于海南岛中南部腹地，因拥有海南岛上最高山峰五指山而得名，是海南岛中部地区的中心城市和交通枢纽，也是海南省中部少数民族的聚居地。五指山市是有名的“翡翠山城”，有热带雨林、海南民族博物馆、太平山瀑布、琼州学院等风景名胜。五指山古称通什峒，“通什”是地名，黎语（读 tōng zā），指山谷中连片的田地。后沿革为通什乡、通什镇、通什市。“三月三”是黎族的民间传统节日，又称爱情节，黎语称“孚念孚”，每年农历三月初三举行，祭拜祖先，祈祝丰收。

五指山

丘公一吟傲千古，
海公一谏惊兆民。
如来悬掌莫侥幸，
魑魅魍魉贪则贫。

五指山是海南岛最高的山脉，位于海南岛的中部，因峰峦起伏、形似五只手指而得名。五指山是海南岛的象征，也是中国名山之一， 5A 级旅游点。最高峰是二指峰，海拔 1867 米，比五岳之首的泰山还要高出 300 多米。五指山地区冬暖夏凉，不受寒潮侵袭，也不受台风影响。五指山有森林面积 860 平方公里，木本植物 1400 种，高级珍贵木材 150 多种，药用植物 1000 多种，还有名贵的五指山兰花 100 多种。五指山动物种类繁多，野生动物 524 种，占全国动物种类的 22.2%；蝴蝶 600 多种，占中国蝶种的 50%，其中的金斑啄凤蝶是唯一被列为国家一级野生保护动物的蝶种。五指山水流湍急，全程有八处跌水，最大落差 4 米，河段呈“S”形。

海南民族博物馆

朱庐执封[①]破愚顽，
一岛无争百族安。
黎苗月下跳竹竿，
山兰饮尽云扶山。

注：① 朱庐执封（kuī）银印，西汉（公元前 206 年～公元 8 年），高 1.9 厘米、边长 2.4 厘米，1984 年 5 月海南省乐东县志仲区潭培乡出土。印钮鱼身蜿曲，中部拱起为穿，头部作兽形，月双耳，鳞纹，尾鳍回摆，形态生动，为汉印中仅见。印面阴刻篆文“朱庐执封”四字，笔画圆劲流畅，篆法谨严凝重，为西汉前期至中期的典型风格。朱庐，汉属合浦郡，故治一说在今海南琼山东南。执封，一作执圭、执珪，本楚爵名，汉初沿袭以封功臣。

海南民族博物馆是海南建馆最早、规模最大、馆藏最丰富的省级博物馆，四合院式建筑，雕梁画栋，飞檐翘角，古朴壮观。展品反映了从新石器时期起的各个历史阶段黎、苗族人民的政治、经济、文化和风土人情，以及他们同汉、回族人民共同发展、建设海南的历史。迎宾大厅的一座大型石雕——海南第一龙门由 19 块花岗石加工而成，高 4.41 米，重达 40 吨。

海南琼崖纵队司令部旧址观光园

二十三年旗不倒，
当年独看海南岛。
山不藏人人藏人，
莫忘民心宝中宝。

海南琼崖纵队司令部旧址是全国六大革命根据地旅游景点之一，同时也是海南第一个以爱国主义教育为主题，集观光、度假、休闲为一体的公园。围绕革命根据地、黎苗民族风情两个文化背景，弘扬革命精神，推介黎、苗民族优秀传统文化，让人们在缅怀先烈和英雄的同时，珍惜美好生活。

阿陀岭森林公园

太平飞瀑青春岭，
巨蜥望云鹧鸪轻。
佛陀合十孔雀雉，
满树幽香满天星。

五指山市翡翠城北郊的阿陀岭有原始森林、人工林、溪流、清泉和蜿蜒起伏的群山、太平飞瀑、青春岭飞瀑等自然景观。森林的覆盖率达 90% 左右，已查明的野生植物共有 400 科 1600 多种，其中陆生药用植物 100 多种。经济木材 56 种，纤维植物 56 种，此外还有花卉与绿化树种等。野生动物资源也十分丰富，已查明的兽类 3 目 30 多种，鸟类 7 目 30 科 120 种，两栖爬行类 3 目 40 种。另外阿陀岭森林公园地处五指山腹部地带，属热带雨林季风气候，冬暖夏凉，夏季低温多雨，秋季温凉湿润，四季如春，享有“天然空调”之美称。

保　亭

保亭黎族苗族自治县，位于海南岛中部五指山南麓，总面积 1166.6 平方公里。山清水秀，风景秀丽。仅鸟类就有 300 多种和 10 多个亚种。保亭是全海南黎锦最集中的市县之一。宋元时，黎族的棉纺织业已经相当发达，其棉纺技术和棉纺织工艺品已经达到一个很高的水平。最适宜发展种植红毛丹。

七仙岭

五指雄浑七指妙，
七仙岭下七仙笑。
饮食男女少烦恼，
温泉一泡皱纹跑。

七仙岭又名七指岭，因有七个状似手指的山峰而得名，是海南最大的温泉旅游区，有温泉、奇峰、民族风情和热带田园风光。有大小泉眼40多口，日出水量4200吨，最高温度93℃。温泉区内最引人入胜的地方有两处，一个是北面的温泉湖，面积约2000平方米，水深在1米左右，湖面热气袅袅。另一个是被当地人称为鸳鸯溪的“什那溪”，由一冷一热的两股溪流汇合成，在溪的汇合处叉腿而立，可以感觉到一腿凉、一腿热，颇有意趣。

保亭毛感千龙洞

或是龙王曾有约，
月落石林仙女催。
凯旋门外喧如市，
浪花插翼岸上飞。

毛感千龙洞是由于附近的千龙苗村而得名，有“龙门厅”、“龙王殿”、“凯旋门”三个大洞厅和一条长 20 多米的曲折廊道。各厅互通，大小不一。洞里石头千姿百态，有如床、如桌、如灯、如缸、如钟等生活用具的；也有如林的石柱，琳琅满目的。洞里春冬偏冷，夏季凉爽。洞里还有一条蜿蜒的小溪，流水常年不歇，有一光怪陆离的天桥跨于小溪两岸，若神仙造化。老人讲，溪水通地洞终入大海，溪里生活着不少鱼类，有两条大鳗鱼在此出没 50 多年，有时还爬到洞外晒太阳，村里人认为是鱼神，从不伤害它。

呀诺达

一二三叫呀诺达，
最恼乡音惹思家。
踏瀑戏水哇哎鲁[①]，
旅人酡颜醉氧吧。

注：① 哇哎鲁：海南话，意为“我爱你”。

呀诺达是国家 5A 级旅游区、国家文化产业示范基地，是中国唯一地处北纬 18 度的热带雨林，是海南岛五大热带雨林精品的浓缩，堪称中国“钻石级”雨林景区。“呀诺达”是形声词，在海南本土方言中表示一、二、三。景区赋予它新的内涵：“呀”表示创新，“诺”表示承诺，“达”表示践行，“呀诺达”又寓意欢迎、你好，表示友好和祝福。

临　高

临高县，位于海南岛西北部。面积1317平方公里。西北濒临北部湾，北临琼州海峡。新盈港和调楼港为海路交通运输港口。临高县风土人情独特，被评为“全国民间艺术之乡”，渔歌“哩哩美”和人偶戏。旅游景点有临高角、高山岭、桐乡夏荫、孔庙、多文岭、百仞滩、冼太夫人庙等。名优特产有临高乳猪、东江玉兔、南宝鸭等，乳猪更是蜚声中外。

临高角

小船打败大军舰，
岬角奋勇踩浪尖。
尽情江山尽管爱，
仙人指路好耕田。

临高角是琼州海峡突出中的一岬角，三面环海，有 7 公里长的海岸线。岸边一公里长的沙滩的东西两侧是天然游泳场，一边风平浪静，海水清澈，海底平坦，沙白如面，洁净柔软；一边波涛滚滚，白絮阵阵，素有“南海秋涛”之称。这里有古烽火台，百年古灯塔，是著名的国际航标。

居仁瀑布

水帘洞外大圣狂，
观音洞里蜈蚣欢。
三潭九曲缠古树，
野鸟闲飞逗陈抟。

居仁瀑布，古称“古银瀑布”，落差 20 米，幅面 20 米，幅宽 400 平方米。周围怪石林立，后面树木茂密，宛如碧海，屹立在怪石上，枝繁叶茂，覆盖如亭，错节盘根，透出倔强的生命力。西侧顶端挺立着两株古榕树，树底有几块巨大的怪石，其中一块书刻着“海南一绝”四个大字。怪石上面，飞瀑倾泻，形如苍龙吐珠，蔚为奇观。怪石底下有一个大黑洞，即“观音洞”，瀑布从悬崖经壁飞泻而下，似烟如雾，锁住洞口，犹如《西游记》神话传说的水帘洞。瀑布附近有座冼太夫人神庙。

高山岭

高山极目花烂漫，
文澜江边耕读忙。
毗耶大师留碑记，
归来霞光满衣裳。

高山岭，古称“毗耶山”，海拔高 193 米，是临高“八大景点”之一，亦是省级自然保护区。岭上有神石、神湖、怪石、瞭望塔和奇花异草，常年不涸的千镜湖、嗡昂湖和斑鸠池三处不大的水面，系火山爆发所致。岭上的岩洞石孔和茂盛的树林里栖息着山龟、穿山甲、蛙、蜥蜴、黄猄、狸猫、野兔、毛鸡、斑鸠、猫头鹰、鹧鸪、蛇等几十种野生动物。岭上还有汉时印度的婆罗门教毗耶大师来此刻立的“毗耶梵文石碑”以及 1314 年修建的高山神庙等古迹。

百仞滩

天河一泻峭壁间，
百仞争鸣波激雷。
龙虎生威牛羊跃，
渔翁起竿喜上眉。

百仞滩又名百仞石滩，是文澜江下游的一处险滩，古为“临高八景”之一。滩中多奇岩乱石，千姿百态，远望像人头聚簇，明时被誉为“百人头滩”。百仞瀑布浪花泛白，涛声宏大，远在十里外的临高县城都可以听到轰轰作响，闻名的“百仞滩声”由此而来。岩石如垒，石浸水中，或方圆或冷峭或圆溜，或兀立或酣睡或沉思或跳跃，或龙虎相搏，或水牛沐洗，或老翁对弈，或渔翁垂钓……一处天然“蒸酒锅具”，水滴叮咚，经年不绝。

儋 州

儋州市，位于海南岛的西北部，濒临北部湾，陆地面积3400平方公里，是海南西部的经济、交通、通讯和文化中心，有海南洋浦经济开发区和中国热带农业科学院、海南大学儋州校区（原华南热带农业大学）。主要方言有儋州话、军话、客家话、临高话、黎话、广东话、海南话等，以儋州话为主。儋州人喜爱唱歌。“儋州自古称歌海，山歌多似百花开。人人都是山歌手，山山水水是歌台。”儋州民歌种类繁多，其中儋州山歌和调声最为盛行。北宋大文学家苏东坡谪居儋州三年间，讲学明道，北归九年后，符确成为海南第一个进士。

东坡书院

黄州惠州又儋州，
槟榔树下请喝粥。
平生聚散寻真趣，
载酒堂前不用愁。

东坡书院是海南重要的人文胜迹之一。古时是儋州府所在地，为纪念北宋大文豪、谪臣苏东坡而建于北宋（公元 1098 年），后经重修，明代（公元 1549 年）更名为现名。书院大门轩昂宏阔，院里古林幽茂，群芳竞秀。载杠酒亭、载酒堂、奥堂龛等建筑古色古香。载酒堂，为苏东坡被贬昌化军（现儋州市）时居住、讲学的场所。

松涛水库

读书未必不稼穑，
一库荡漾万亩粮。
心随范蠡西施后，
月下鱼头共此觞。

松涛水库位于儋州市南部，库区回水至白沙县城平义镇。大坝位于南渡江上游的儋县亲足口峡谷，集水面积 1440 平方公里，总库容 33.4 亿立方米，总干渠长 6.5 公里，为海南省第一大水库。松涛水库的主要任务是跨流域引南渡江水解决海南岛北部四县一市的灌溉用水问题。

儋州石花水洞

滴水穿石亦成石，
春笋拔节似闻笛。
洞里不问洞外事，
娃娃鱼吟桃花诗。

儋州石花水洞位于儋州市国营八一总场的英岛山下，洞内石壁上布满一种奇特的石花，形似珊瑚，在灯光的照射下熠熠生辉。中国地质学会洞穴研究专家考察后认为，这是中国乃至世界上都十分罕见的石花溶洞，形成于 140 万年以前，故命名为“石花水洞”。水洞长 3~15 米，洞内布满石花，造型奇特，有一巨大钟乳连接洞顶和洞底，如海龙王的“定海神针”。地下河内惊现极为珍贵的国家级保护动物娃娃鱼。洞外怪石林立，有如春笋遍野，有些怪石上面附着一亿年前古生物化石，极有科学价值。

洋浦千年古盐田

煮海为盐费柴火，
凿石当槽日晒成。
天子当知人间苦，
正德[1]小村不忍征。

注：①正德，谭正德，洋浦盐田开创的先人。

古盐田位于儋州市新英湾区办事处南面的盐田村，距今1200多年，是我国最早的一个日晒制盐点，也是我国最后一个保留原始日晒制盐方式的古盐场。1200多年前的唐朝末年，一群福建莆田的盐工千辛万苦迁居到当时海南岛西部的古儋耳郡，在洋浦半岛的海边开山辟石，建造家园和盐田。他们的盐田十分独特，将海边大片的天然火山岩石削去一半，顶部四周留出凸边，把中间打磨平滑，做成石槽。平时在这些石槽中注入经海泥过滤后的海水（涨潮时海水会漫入盐槽），靠阳光晒出高品质的食用盐，开创了高产量的“日晒制盐”的先河。

蓝洋温泉

华清水溅贵妃恨，
马嵬坡前空怨责。
蓝洋才是桃花岸，
四季舒畅向天歌。

蓝洋温泉地处海南岛西北部，是海南较大的温泉之一。温泉有大小自然泉眼十几个，日自流量达 2000 吨以上，水温平均 78.4℃，偏硅酸及氟含量达到医疗执矿水的命名标准，含有锌、锶等人体必需的微量元素。蓝洋温泉早在明万历年就有记载，堪称天下奇泉——一石之隔，有冷、热两泉，现已辟为儋州新八景之一。蓝洋温泉国家森林公园位于海南省儋州市，由莲花岭等数十座形貌奇特的山峦环抱，峰岭起伏，层峦叠嶂，裸露的岩石奇形异状。被称为“海南第一洞”的观音洞有上、中、下三层，长 500 多米，洞中有洞，幽深曲折，奇妙无穷。

儋州两院热带植物园

青梅坡垒夹山色，
见血封喉吓鬼神。
王莲不屑王公府，
一片巨叶化风尘。

儋州热带植物园位于海南儋州市，1958 年建立，是中国热带农业科学研究院和前华南热带农业大学的植物标本园。植物园内有引自 40 多个国家的共 1000 多种珍稀热带植物，分热带珍贵树木、热带香料植物、热带药用植物、热带果树、热带油料植物和热带观赏植物 7 个区，很有观赏价值，是中国热带植物资源的宝库，也是世界热带作物资源的缩影。植物园内，有世界上最毒的植物之一——见血封喉，也有形态各异的面包树、腊肠树、吊瓜树、水生植物王莲等。有国家保护的珍稀濒危植物 42 种及热带花卉 500 多种，蝴蝶馆中蝴蝶标本达上千种。

龙门激浪

万里长城遗一段，
不在居庸嘉峪关。
忽海忽山龙门阵，
大鱼已跃云那端。

龙门激浪为儋州市峨蔓镇海滨龙门山上的一景，毗邻洋浦开发区。龙门山为海滨岩石山，海拔39米，山上怪石兹生，从北望南，绵延起伏，状似万里长城，十分壮观。山之东有一瓮门，素称“南天第一门”，中空通风，北风吹来，卷起巨浪，撞击在石门上，犹如击鼓，响彻十余里，明时命名为“龙门激浪”。

桄榔庵

朝阳入林竹影疏，
结茅儋州亦知足。
大江东去我南去，
万里风尘修浮居。

坐落于儋州市中和镇的南郊，是苏东坡谪居儋州时住了三年的处所。宋绍圣年间，苏东坡父子初到儋州，当地州官张中十分敬重苏东坡，让苏家父子住在官府的房子里，定期发官粮，后被上司逐出。东坡父子无室可居，处境十分凄凉，幸得当地官民相助，在城南的桄榔林建起了三间茅屋，“竹身青叶海棠枝”，东坡宽慰之余便将茅屋命名为“桄榔庵”。同年，苏东坡帮助乡亲们打了一口水井，泉足水甜，命名“东坡井”。

昌　江

中国芒果之乡昌江黎族自治县，位于海南的西北部，依山面海，热带季风气候，全年无冬，日照充足，土地肥沃，水源充足，发展热带高效农业具有得天独厚的条件。昌江是矿产资源富集地区，有铁矿、石灰石、铜、钴、金、石英砂等 20 多种矿产资源，素有“海南聚宝盆”之称。其中，石碌铁矿是亚洲最大的露天铁矿，也是“亚洲第一富铁矿”。昌江还有远近闻名的乌烈乳羊、黎族山兰酒、鱼茶、昌江芒果、野生蜂蜜、黎族土陶等原生态的美食和土特产。

霸王岭

桫椤翠影静心池，
千年古榕偎荔枝。
老茎生花云搂雾，
隐约喜闻新猿啼。

霸王岭位于海南岛西南部昌江县境内，巍巍群山，莽莽林海，风光无限，充满神奇色彩。霸王岭林区是海南热带雨林的典型代表，气候温和，雨量充沛，动植物种类繁多，生态系统完整，生态功能齐全，具有典型性、独特性、珍稀性、多样性四大特征，分布有野生植物 2213 种，野生动物 365 种。其中独有的海南长臂猿是全球现有灵长类动物中数量最少、极度濒危的物种，目前仅有 23 只。

皇帝洞

出入洞门小朝廷，
文武百官列分明。
从容一人坐石上，
信是和谐已建成。

皇帝洞位于昌江王下乡牙迫村东，依山傍水，洞外群山环抱，层峦叠嶂，流水潺潺；洞内钟乳石成群，洞口就在南瑶河边。洞穴由西向东伸延，宽约 60 米，深约 130 米，高 25 米，可容纳上万人。洞内钟乳石多姿多彩，有的像盆、盘、板、柱、席，有的像牛、羊、虎、鹿、龙、凤。洞内正方左面的半空中，悬挂一巨石，似摇摇欲坠，细观看却牢固异常，人称“金龙腾空”。上下洞口前有一道石墙，高约 3 米，乃古代防御工事。在洞内曾发现石斧、石网壁以及汉代印纹硬陶残片等器物。

石碌铁城

石碌含笑吐彩霞，
钢筋铁骨铸琼崖。
矿工兀自三班倒，
顽童捉虫不采花。

石碌铁矿自古代民间手工开采至今约有三四百年的历史了。而今的石禄是一座别具风情的铁城，风光绮丽，青山环抱，多姿的石禄河像一条绿色的飘带绕城而过。每当夜幕降临，十里长街华灯齐亮，如群星闪烁的银河。矿山机器轰鸣。萤火虫般的汽车灯在山上山下穿梭往来。

棋子湾

世事如棋棋如诗，
一湾风月万古执。
古今多少真君子，
澹然以居落草棘。

棋子湾在海南岛西海岸区域，东倚昌化岭，西连大海，东西长约 20 公里，呈“S”状，石多、沙白、浪静，水清见底，沙细质软，奇峰林立，怪石嶙峋。有引人入胜的峻壁角、细眉角、鉴真坐禅、黄帝祭海、神龟探海、大角石林、小角石林、仙人足迹、八戒背媳妇、祭海石、观鱼石、火焰石、情侣石、帆船石、观音石、观音潭、棋子篮、望郎滩、白沙岭、治癣沟、天然盘景园及野菠萝度假村等天然景点二十多处。

白　沙

白沙黎族自治县，位于海南岛中西部，全境面积2117平方公里。境内地形起伏较大，500~1000米的山峰有440座，海拔1000米以上的高山有鹦哥岭、马域岭、斧头岭、白石岭等22座。鹦哥岭最高，海拔1812米，是海南岛第二高峰。盛产白沙绿茶、藤器。热带森林资源丰富。主要珍贵木材有：花梨、母生、子京、坡垒、石梓、青梅、油丹、绿楠、陆均松、乌墨、山荔枝等。被列为国家重点保护的一类动物有坡鹿、黑冠长臂猿、云豹、小爪水獭、山鹧鸪、隼游6种。

白沙陨石坑

宇宙绿茶味正酽，
飞来天石伴无眠。
七十万年如一日，
不恋银河恋人间。

白沙陨石坑位于牙叉镇东南 9 公里的白沙农场境内，直径 3.7 公里，系直径 380 米的陨石撞击而成，能量约相当于 360 颗广岛原子弹。是目前我国能认定的唯一较年轻的陨石坑。置身于坑内，举目四望，但见郁郁葱葱，低缓山坡上，茶树密布，排列成行，绿意盎然。白沙陨石坑有许多谜团，还有一些神秘现象，如在溅射覆盖层堆积最厚的峨剑岭西侧，手表会被磁化，摄像机会自动关机，不能正常工作，离开后则恢复正常。

红坎瀑布

凌空仙女凌空舞，
几分潇洒几分纯。
出山入山歌不尽，
数点红英沾野村。

红坎瀑布位于白沙黎族自治县元门乡东南部，总落差 145 米。瀑布源于海拔千余米的红坎岭，两岸峰峦矗立，森林茂密，植被多样，瀑布下面有近千亩水面的红坎水库。

鹦哥岭

伯乐树上盼伯乐，
鹦哥鹩妹齐喧妍。
五万公顷玛瑙绿，
一岭两江漩斑斓。

鹦哥岭地处海南岛中部山区，具有海南岛最典型的热带雨林气候特征，年降雨量较大，保护区内河溪众多，汇聚一处，主宰着海南岛的水系形态，是海南岛第一、第二大河流——南渡江和昌化江的发源地和水源涵养林。专家还发现，鹦哥岭保存着我国面积最大的连片的原始热带雨林，面积有 250 多平方公里。首次发现伯乐树、鹦哥岭树蛙等十多种新种，估计蕨类物种数绝不会少于 200 种。

东　方

东方市，地处海南省西南部，行政区划始于西汉武帝元封元年，公元前 110 年始设九龙县，隋朝改称感恩县，新中国成立后县城定址黎族东方峒，1997 年撤县设市。这里物华天宝，珍奇林木数百种，以花梨最多驰名，素有“世界花梨看中国，中国花梨在海南，海南花梨数东方”之说。东方海岸线长 84.4 公里，有 8 港 7 湾，7 个天然渔场，滩涂面积 1125.3 公顷。空气纯净，环境优美，城区依海而建，是海南省重要的能源基地和重化工业基地，也是海南唯一拥有边贸政策的城市口岸。

付龙园遗址

牛牙石斧拓岛西，
鱼镖射鱼晚煲鸡。
夹砂陶片夹往事，
磨光黑陶磨心笛。

付龙园遗址位于海南省东方市四更镇荣村北面的付龙园，1986 年发现，是海南省已发现的最大的新石器时代遗址。从遗址的几处自然断面分析，文化层厚约 2 米，二层堆积。上层发现有贝壳、夹砂陶片、几何印纹陶片和动物骨骼，为汉代文化层。下层发现贝壳、夹砂陶片、磨制石器和动物骨骼。夹砂陶几乎全是素面，以褐色陶为主。陶器均为手制，以罐为主，石器有梯形石斧和石锛，为新石器时代遗存。

天南第一泉

坐井观天天多变，
三军只盼水甘甜。
将军屡战镇交趾，
一札平安喜若仙。

天南第一泉为汉代古井，名“汉马伏波井”，位于东方市八所镇十所村，有近二千年历史。东汉光武帝刘秀建武十九年（公元 43 年），伏波将军马援统兵南下，平定交趾以后，渡海入琼守卫南疆，军队第十所的驻地即命名为“十所村”。临海驻防，兵马苦于无井汲水，马援便组织士兵在村旁“飞来庙”处挖掘出泉水，水质甘甜，从未枯竭，有“感恩第一甘泉”之美称。至今，村民仍习惯于清晨围井提水，井旁仍镶嵌清代乾隆二十六年（公元 1761 年）所立汉马伏波之井碑。

感恩学宫

感恩何妨趁东风，
扶摇千里苦随云。
人生每恨报答晚，
枉累清明泪沾唇。

感恩学宫又称文庙，位于东方市感城镇感城村，市级文物保护单位，始建于宋，原址在今感城镇入学村。学宫由大成殿、崇圣祠、明伦堂、灵木星门等组成。大成殿平面为长方形，抬梁式木结构，有 16 根柱支撑，面阔五间，18.5 米，进深 10.5 米，重檐歇山顶。殿内的塑像、祭器及碑刻等文物均荡然无存。

虞山摩崖石刻

虞山石刻刻什么？
毁峒杀人天怨嗟。
漠北不识海深远，
大元军马早该歇。

虞山摩崖石刻位于中方村和天安乡陈龙村交界的东方河虞山河段（当地黎民称之为石书河）。石刻刻在河东岸的大石上，共有三处。其一为“大元军马到此”字大 20 厘米，直书阴刻，其下有人迹、马蹄印。与乐东县尖峰岭“大元军马下营”石刻属同一字体。

大田坡鹿保护区

稀罕不输大熊猫，
珍贵可比金丝猴。
舌尖中国多饕餮，
人为刀俎我特愁。

大田坡鹿自然保护区，国家级，是坡鹿在中国的唯一产地。海南坡鹿是我国 17 种鹿类动物中最珍贵的一种，与大熊猫、金丝猴同为国家一类保护动物。坡鹿形貌和梅花鹿相像，区别最大的是公鹿头上的犄角。梅花鹿的角向后弯，而坡鹿的角则朝前，为一个大而弯的眉叉，和后面的弯曲主枝连起来形成独特的一个大角度弧形。坡鹿能跑善跳，视觉、听觉、嗅觉都很敏锐，鸣声寻偶时，虽相隔一公里亦能互相听闻。

乐　东

乐东黎族自治县，位于海南省西南部，土地面积 2747 平方公里。靠山临海，东南毗邻三亚市，西北靠东方市，是海南省少数民族自治县中人口最多、土地面积最大、文化较为发达的县份，素有“天然温室”、“热作宝地”、“旅游胜地”、“绿色宝库”、“腰果之乡”等美誉。尖峰岭海滨旅游区与岭头港相邻，拥有 16 公里长的金沙海岸，是天然的海滨浴场和进行帆船等水上运动的理想地。

毛公山

一山巍峨卧伟人，
万众膜拜东方神。
中南海后到南海，
野树开花香无痕。

毛公山位于乐东黎族自治县东部保国农场境内的保国山上，以山顶卧石酷似毛泽东形象得名。保国山长约4000米，峰峦连绵起伏，中部突起一座高630米的花岗岩山，山貌似毛泽东半身仰卧像。前有保国村，后有东方红村，北有解放村，南有从共村和抗美村，山下还有宝塔村。已建起毛公山敬拜堂、毛公山纪念碑、毛主席雕像、募捐碑、图片展览长廊、画廊、瞻望台、凉亭等设施。

莺歌海

一半平滩驰蜡象，
一半残雪蜷海滨。
殷勤滋味锅中焖，
莺歌嘹亮谁问津？

莺歌海是乐东县境内的一个小镇，海岸线相连着一片蔚蓝的大海及其浅滩，因拥有中国南部最大的海盐生产基地而享誉国内外，是世界上仅次于死海和红海的最咸海区之一，被称作“苦海”。

尖峰岭

只恨缱绻在天池，
深藏尖峰人未知。
林海云海谁共誓？
细雨灯前总痴痴。

尖峰岭位于乐东县境内，是中国现存面积最大、保存最好的热带原始森林区，主峰海拔 1412 米，最低处海拔仅 200 米，相对高差千米以上，地形十分复杂。森林覆盖率 96%，古木参天，藤蔓缠绕，溪水潺潺，云雾缭绕，融大山、大海、大森林于一体。海拔 600 米的天池被天然林环抱，鸟语花香。尖峰岭地区保存有中国整片面积最大的热带原始森林，植被的完整性和生物物种的多样性位居全国前列，被誉为“中国最美十大森林”、“世界顶尖级的旅游资源”、“中国唯一山海相连的国家森林公园”、“中国保存最完好的原始热带雨林”。

三 沙

三沙市，现辖西沙群岛、中沙群岛、南沙群岛的岛礁及其海域，是中国位置最南、总面积最大（含海域面积）、陆地面积最小和人口最少的地级市，继浙江舟山市之后第二个以群岛设市的地级行政区。三沙海区为全国四大海区之冠，被誉为“海中森林”、“海底草原”。

西沙群岛

永兴岛上鲣鸟飞，
玉琢礁边海参肥。
万里石塘今安在？
莫使后浪无处追。

西沙群岛，中国南海四大群岛之一，自古就是中国的领土，与东沙、中沙、南沙群岛构成中国最南端的疆土。地处热带中部，炎热湿润，栖息着 40 多种鸟类，常见的有鲣鸟、乌燕鸥、黑枕燕鸥等，素称“鸟的天堂”。红脚鲣鸟的全球第二大的繁殖种群就分布在西沙群岛的第二大岛东岛上，西沙群岛是我国主要热带渔场，有珊瑚鱼类和大洋性鱼类 400 余种，是捕捞金枪鱼、马鲛鱼、红鱼、鲣鱼、石斑鱼的重要渔场。海产品主要有海龟、海参、珍珠、贝类、鲍鱼、渔藻等几十种，比较名贵的有海龟之王的棱皮龟、“海参之王”梅花参、世界最著名的珍珠——南珠、宝贝、麒麟等十几种。

南沙群岛

曾母暗沙巡艨艟，
赤县一统牡丹红。
巨龙纵横伏四海，
金瓯无缺斡旋功。

南沙群岛是中国南海四大群岛中位置最南、岛礁最多、分布最广的群岛。主要岛屿有太平岛、中业岛、南威岛、弹丸礁、郑和群礁、万安滩等。南沙群岛是我国最大的热带渔场，有浮藻植物 155 种，浮游动物 200 多种，贝壳 66 种。海域蕴藏着丰富的矿藏资源，有石油和天然气、铁、铜、锰、磷等多种，油、气资源尤为丰富，有“第二个波斯湾”之称。

附录：

◎海南省是中国陆地面积最小，海洋面积最大的省份，陆地面积 3.54 万平方公里，海洋面积 200 万平方公里。

◎三亚市是中国最南端的新兴滨海城市。国际旅游业界公认的阳光，海水，沙滩，空气，绿色 五大旅游资源，在三亚应有尽有。

◎ 海南是中国纬度最低的省份，又是年平均气温最高的省份，西沙群岛年平均气温达 26.5℃以上，一月份平均气温 17.3℃以上，而同月黑龙江的海拉尔地区是零下 27.6℃。

◎ 海南岛素有“台风走廊”之称。1973 年 14 号台风从岛东的琼海县过境，风速高达每秒 81 米，而 12 级台风的风速只不过每秒 37 米。2014 年 7 月 18 日，“威马逊”台风在文昌市翁田镇沿海登陆，中心附近最大风力有 17 级以上（72 米 / 秒），是 1973 年以来登陆华南的最强台风。位于岛西北部的儋州市是我国雷暴最多的地方，全年平均有 130 多天打雷，被称为“雷暴之乡”。

◎ 生长在海南热带密林中的白藤，可长达 300 ~ 500 米，其茎柔韧，是藤制家具的理想原料，也是世界上最长的植物。毒性最大的树是见血封喉，人畜误吃其乳汁会引起心脏麻痹而中毒死亡，猎人用其乳汁涂箭头可猎兽。来自非洲的“世界油王”——油粽已在宝岛落户，亩产油量约为花生的 7 ~ 8 倍，大豆的 10 倍。

◎ 海南素有“椰子之乡”的美称，全省最大的椰林在文昌市建华山。

◎ 中国第一株可可是 1954 年在万宁市兴隆华侨农场种下的。

◎ 海南岛是中国面积最大、产量最多的橡胶生产基地，年产量占全国天然橡胶总产量的三分之二。最早的试管橡胶苗也是在海南岛试验成功的。1983 年 6 月，橡胶试管苗移植大田后成活，开花结果，为世界橡胶花药离体培养研究的最早记录。

◎ 海南的动物种类最多，数量也最大，兽类有 70 多种，鸟类 340 多种。

◎ 我国现存年龄最大的海龟 300 多岁，体重 240 斤，产自西沙，1983 年进京，在中国革命军事博物展览时还生蛋呢。

◎ 西沙群岛沿海的梅花参体长 60 ~ 70 厘米（最长可达 90 ~ 120 厘米），宽约 10 厘米，高约 8 厘米，是全世界千余种海参中最大的。

◎海南最大的水晶矿是屯昌县羊角岭的水晶矿，也是举世罕见的特大型水晶矿。

◎被海南人称为“镇岛之宝”的金玉观音是目前世界上最大的一尊金玉佛像，采用世界手工艺之一绝的中国传统“宫廷金钿工”敬造。圣像高 3.8 米，由观音金身、佛光、千叶宝莲、木雕须弥底座四部分组成，耗用黄金、翡翠各 100 多千克，南非钻石 120 多克拉，另有数千粒红蓝宝石、祖母绿、珊瑚、松石、珍珠等奇珍异宝。

◎海南是中国最长寿的地区，人均寿命 80 岁，百岁以上老人比比皆是。

◎海南“四大才子”，亦称“海南四绝”，指海南籍的四位名臣：邱濬、王桐乡（王佐）、海瑞和张岳崧。他们或著作等身，或诗文传世，或尽忠报国，或名垂青史。

◎历代流寓海南的“人物”中，其中六部尚书以上 50 多人，宰相以上 21 人，包括唐代李德裕、韦执谊、吴贤秀，宋代胡铨、赵鼎、李光、李纲、丁谓、卢多逊等，以及苏东坡、黄道婆等文化名人，他们在当地兴教办学，改革陋习，推广汉文化，群星般照亮了文化荒凉的海南大地，功不可没。

◎海南四大名菜为：文昌鸡、加积鸭、东山羊、和乐蟹，以海南鸡饭最有名。著名小吃“清补凉”由绿豆、淮山、茨实、薏米、南北杏、西瓜、菠萝、龙眼等熬制而成，清香甘甜，回味尤佳。

海南还有这些景点

海口市

苏公祠

在五公祠内。原为金粟庵。北宋文学家苏轼（东坡）出仕为官，历遭谪贬。绍圣四年（公元 1097 年）被贬为琼州别驾，旋又贬昌化军。明万历四十五年（公元 1617 年）于金粟庵址立苏公祠以示纪念。后又因崇祀其弟苏辙，亦称二苏祠。祠坐北朝南。大厅有楹联："此地能开眼界，何人能配眉山。"有苏轼石雕像，苏词碑刻拓片及其他碑刻拓片 20 余件。苏公祠西侧是五公祠，东侧为琼园，内有洞酌亭、浮粟泉、洗心轩诸景，均系苏轼命名。

钟鼓石

在海口市龙海宾馆东南英雄山顶。又称太阳石，状如巨鼓。一侧敲击，发声如鼓，浑如雷鸣；一侧敲击，发声如钟，清脆激越。

邱濬墓

在海口市南 10 公里水头村。邱濬（？ ~1495），广东琼山（今属海南）人。明代名臣，官至礼部尚书、武英殿大学士。墓地建于明弘治八年（公元 1495 年），占地 2500 平方米。墓前立牌坊，上书"理学名臣"四大字。主墓石砌（不封顶），墓前有两碑，另一为明代皇帝谕祭文。

琼山鼓楼

在琼山市区南门古城上。为明洪武年间（公元1368 ~ 1398 年）海南卫指挥使王友所建。楼下城墉宽厚，有石阶直通楼门。几经兴废，仍存今楼。

韦执谊墓

在琼山市区十字路区新联乡雅咏村西侧 2 公里处。为其生前所自择地。韦执谊，唐京兆（今陕西西安）人，曾任礼部尚书，唐元和元年（公元 806 年）遭贬崖州任司户参军，摄理琼郡事，死于贬所葬此。墓地占地 500 平方米，墓碑高 2.6 米，宽 0.8 米，为其后代所立。

敦笃亭

在灵山镇福同村。为居越（南）华侨钟锦泉建于清宣统三年（公元 1911 年）。建筑面积 122 平方米，系平顶四角十二石柱楼台式，悬“敦笃亭”匾，为康有为手书。门两侧有对联：“布德行慈福田有钟仁者必寿，博施济众明出月台才子克家。亭门额刻有康有为的百字撰文，亭内正中四合式石碑上阴刻广东清末探花商衍鎏的千字赞文。

玉龙泉

在永兴镇。始建于明嘉靖三十五年（公元 1556 年）。明代琼山籍进士郑廷鹄，年轻时常自府城来此攻读，见有清泉自石隙中出，声如击磬，长年不息，心甚爱之。中进士后，回籍重游龙泉，进行修建。于涌泉处与出泉口各建龙头方池一座，两池相通，一龙吞泉，一龙喷水。

涅槃塔

在石山镇儒符村。建于宋代。塔基高 6 米，宽 7 米，有 25 级石阶。石塔高 2.6 米，四角形，状如金字塔，内供佛像。

八仙泉

在新坡镇西北 1.5 公里处、长钦溪西岸。岸侧鹅卵形扁平巨石交相错叠，淙淙泉水自石隙中源源涌出。泉眼有三，一大二小，泉水冬暖夏凉，长年不涸。

吴贤秀墓

吴贤秀，唐代福建莆田人，居琼山县（今市）张吴图都化村。曾任户部尚书，顺宗皇帝特赐“德泽在民，声名在外夷，勋劳在社稷”之铜牌。其墓建于唐元和四年（公元 809 年），位于美男圩东 5 公里牛栏坡（龙窝），后圮毁。明嘉靖二年（公元 1523 年），进士吴会期建石墓并立碑。清嘉庆十四年（公元 1809 年）就原墓址重建。1980 年复修。

张岳崧墓

在甲子镇毛头村附近。张岳崧（公元 1773 ~ 1842），清代海南定安县人。嘉庆进士，为海南清代唯一之探花。跟林则徐交谊极深，善画工书。

桂林洋

在琼山市区东，距海口市 18 公里。明清时属外义丰乡桂林都，因有万亩以上大田洋而得名。有 6.8 公里长的海岸线和两个秀丽的港湾。桂林洋东北面浅海，原先是 72 个村庄，明代大地震使 72 个村庄变为汪洋大海，形成举世闻名的“海底村庄”奇观。

三亚市

崖州古城

在三亚市西 40 公里宁远河畔崖城镇。崖州始置于南梁（治今儋州市西北，唐时迁治今琼山东南），北宋开宝五年（公元 972 年）并入琼州。开宝六年复置，治今三亚市崖城镇。是海南岛两大文化古城之一（另一是琼山县府城）。原系土岗，破土填壑而成。南宋庆元四年（公元 1198 年），始砌砖墙，后历代修扩，方为城池。城墙高 7 米、厚 3 米，城围长约 2000 米。清光绪二十年（公元 1894 年）后，渐次废毁，今仅存文明门，建于清道光二十三年（公元 1843 年）。

崖州学宫

崖州学宫，又称孔庙，在三亚市崖城镇崖州城内。始建于宋代，旧址在今崖州城外东南，历经迁徙，至清嘉庆二十五年（公元 1820 年）方迁城内，不久圮毁。同治十一年（公元 1872 年），崖州举人、福建候补道台吉大文重新倡建，今仅剩大成殿。

寿字碑

在三亚市崖城镇镇政府内。为清光绪二十八年（公元1902年）崖州知府王亘所立。王亘，湖南湘乡人，宫廷内侍，擅丹青。慈禧六旬寿庆时，光绪帝命其制寿屏，因而得宠，慈禧亲书寿字，并赐金绣蟒衣、如意、图章、笔墨等。光绪二十七年，王亘任崖州知府，将慈禧亲书“寿”字勒石于碑，又命造同善堂，次年将石碑立于同善堂之御书亭内。碑高2米，顶额刻“慈禧太后御笔之宝”，下镌108字碑文。今堂、亭俱废，仅存此碑。

迎旺塔

在三亚市崖城镇西门外15公里宁远河畔、深沟营岭上。面水临江，巍峨雄峙。建于清咸丰元年（公元1851年）。砖木结构，高约15米，塔分7层，六角飘檐。今塔身西倾。

漱玉温泉

在三亚市崖城镇北三亚良种场的小山下。明正德年间（公元1506～1521年）被发现，清光绪十四年（公元1888年），崖州知州唐镜源于此掘出二古池，一为半圆形，一为方形。现在温泉围以砖墙，共水池3个，南侧两池水深0.8米，一清一浊，一热一暖。

儋州市

白马涌泉

在儋州市西白马井镇。相传东汉建武十八年（公元42年），伏波将军马援率兵南征，回师至此，适逢天旱，时值盛暑，兵马饥渴难耐。马援所骑白马，见一处芳草茂盛，泥土潮润，以蹄刨之，顷刻涌出清泉，遂解三军饥渴。后人于此掘井，故名“白马涌泉”。清乾隆三十一年（公元1766年）立新息马侯庙，后称“伏波古庙”，道光、咸丰俱有修葺，后圮毁。1914年当地村人聚资重建，保存至今。

东方市

东方海滨公园

在东方市西面八所港口右侧，西部海岸的旅游胜地。

鱼鳞洲

在东方市八所港西南侧，是一座雄峙北部湾海滨的石山，山高海拔90米，是八所港之制高点。山石怪异，状若鱼鳞，故名。

俄贤岭

在东方市广坝乡昌化江中游东岸，距县城60公里。由9座山峰组成。俄贤岭山高峦险，怪石嶙峋，顶端东南面，有飞瀑如练。俄贤洞口在主峰东北面的半山腰，深不见底，内有3个石厅，可容纳数万人。洞里流水湍急，不知源头水尾。岭间生野葡萄、野荔枝，夏季香溢九峰。

猕猴洞

在东方市猴子岭采伐场脚下。洞深 570 米，面积 2000 多平方米。洞内有石厅 2 座，一大一小，大厅底为松软沙滩。又有十八罗汉石像、石笋、石柱等，姿态各异，妙趣横生。因猕猴戏嬉其间，故名。

临高县

桐乡夏荫

在临高县博厚镇透滩村，距县城 9 公里，是明代著名诗人王佐的故乡。王佐（公元 1420 ~ 1505 年），12 岁即中举，后入仕，在粤、闽、赣三省为官 20 余年，在家乡建“慈训堂”，以谢母恩。晚年辞官归里，移植许多奇花异木于慈训堂周围，命名为“聚景园”。明景泰六年（公元 1455 年），监察御史彭烈、琼州府通判米盈、临高知县杨护等，于王佐旧居立“礼魁坊”，以示钦敬。后人取王佐诗《铜乡夏景》意，将慈训堂、礼魁坊、聚景园、王佐墓等古迹合称“桐乡夏荫”。

澹庵泉迹

在临高县新盈镇。南宋枢密院编修官胡铨于南宋绍兴八年（公元 1138 年）遭贬崖州（治今三亚市崖城镇），途经临高搏顿村，见某地一汪清泉，遂引当地村民掘之为井，井口呈八角，井水清冽甘美，村民特立石碑以纪。

琼海市

圣公石

立于在琼海市东南、万泉河下游博鳌港，状如累卵，成中流砥柱。北宋天圣四年（公元 1026 年），其石突现，故世人称之为“圣石”。

麒麟菜自然保护区

在琼海市东北，是我国麒麟菜的主要产地之一。麒麟菜亦称石花菜，是制作琼脂的主要原料，富含碘，有药用价值，是珍贵的热带海洋红藻，生长在海底的珊瑚礁上。

文昌市

文庙

在文昌市区文东路 77 号。始建于北宋庆历年间（公元 1041 ~ 1048 年），后废。明洪武八年（公元 1375 年）择今址重建。经天启二年（公元 1622 年）和清顺治十六年（公元 1659 年）修葺，建筑雄伟壮观。是海南省保存较好的一座文庙。占地 3300 平方米。其主体建筑为大成殿。属抬梁式木结构。平面长方形，进深 3 间，面阔 5 间。立面为歇山式垂檐顶，正脊是琉璃烧制的二龙戏珠。殿内存有明礼部尚书王弘海手书“圣协时中”匾额和盖有清嘉庆、咸丰、光绪皇帝玉玺的横匾。

郭母亭

即“郭母李太夫人暨王夫人纪念亭”，坐落于文昌市文城公园。公元 1936 年，为纪念李太夫人与王夫人抚孤有德、教子有功而建。她们在艰难中把爱国华侨郭巨川、郭敬川抚养成人，后发迹南洋，对国民革命和社会公益事业秉力相助。亭内石刻众多，可谓碑林书丛，国民党元老林森、副总统李宗仁、冯玉祥将军、张学良将军，及社会名流陈立夫、邵力子、孙科、居正、马叙伦、蒋廷黻、许崇清等均有题词。题赠对联刻于石碑的有孔祥熙、于右任、林森及覃振、陆桂芬、王国宪、陈树人等知名人士。

海上森林公园

在文昌市区东的八门湾。这里是文昌河、横山河、文教河等八条河流的交汇处。河边港湾滩涂长着辽阔茂密的万余亩红树林，是我国红树品种最多的地方。每逢退潮，但见红树下部枝干错节，千姿百态。有的树高 10 余米，树冠枝叶交相错节。

文笔塔

在文昌市东郊镇椰海白土尾。清光绪九年（公元 1883 年），由乡捐资而建，临海耸立，椰林簇拥。塔高 20 余米，共 7 层，螺旋石阶盘旋至顶。登塔观望，椰林掩绿，海天缥缈，碧浪排空。

白岭

在文昌市铜鼓岭东麓海滨。海拔 56 米，横卧海岸，宛如一道银色长城。白岭无木无石，俱由细如洁净的白沙堆积而成。

许模墓

在文昌市冯坡镇五龙港海边，占地约100平方米，分祭庭、墓碑、墓室、墓围四部分，是保存较为完好的宋代古墓。

斗柄塔

在文昌市铺前镇东北七星岭主峰上，由明礼部尚书定安人王弘诲督造，天启五年（公元1625年）建成。塔高12米，七层八角。每层有拱门，夹墙有梯螺旋上升。塔内中空，呈圆形。

万宁市

青云塔

在万宁市县城东南2公里的山尾岭上，砖石结构，高约25米，七层六角。始建于清康熙五年（公元1666年），道光三年（公元1823年）首次修缮，易名青云塔。

潮音寺

在万宁市东山岭华封岩。始建于宋代，后圮毁。明代重建，改名海潮寺。清康熙二年（公元1663年）拆建，易名潮音寺。1984年再建，为钢筋水泥仿古建筑，面积1530平方米。分两部分，一为李纲公祠，一为大雄宝殿，脊顶饰双龙戏珠，房顶覆盖琉璃瓦。儒佛合一，别具一格。

华封寺

在万宁市东山岭南麓。为一天然石洞，高4.4米，长7.7米，轩敞明亮。洞壁上遍刻历代名人诗词。

金牛岭

在万宁市东北。逶迤绵延，气势宏伟，如牛卧地，头、身、脚俱全。“牛腿”部一泉涌流，人称“金牛泉”。泉眼粗若碗，经石槽，注入浅潭。

澄迈县

老城大成殿

在澄迈县东北端老城圩。占地5100平方米，雕梁画栋，殿宇辉煌。南宋咸淳元年（公元1265年），宋将李才卿改建学堂而成，历经修葺，清光绪三十三年（公元1907年）重修。现存正殿（大成殿）、东西廊。殿为歇山顶，重檐回廊，砖木结构。

美榔双石塔

在澄迈县东北美亭乡美榔村。建于宋代。二塔均立于山池中，间隔20米，高5丈余，层檐七级。一为六角，一为四角。石雕堆砌，有佛像和佛教图纹浮雕，工艺极精，是罕见的宋代古塔建筑文物。

清建福音堂

在澄迈县金江镇。

乐善堂

在澄迈县金江镇。

金江书院

在澄迈县金江镇。

奇石冈

在澄迈县新吴圩村后。

定安县

见龙塔

在定安县城东南约 3.5 公里龙滚坡上，属风水塔。建于清乾隆十六年（公元 1751 年）。据《易经》“见龙在田，利见贵人”句而命，意为“祈求人才”。塔为七层八面，砖石结构，楼阁式，有阶梯盘旋而直上塔顶。中空，无基座，高 25 米。

龙梅村太史坊

在定安县雷鸣镇龙梅村。明万历二年（公元 1574 年），右副都御史殷正茂、巡抚广东监察御史张守约为王弘诲而立。全石质古构筑，顶端盖以石雕瓦楞，具有海南地方特色。明间匾正面中间阴刻有楷书“太史坊”。明间大柱对向面，阴刻对联：“石柱擎天秀毓南溟开五指，瑶台贯斗光摇北极应三台。”传为明代书画家董其昌手书。牌坊高 5.1 米，宽 7.3 米。顶盖及坊匾之间竖一石，上刻“恩荣”二字。

屯昌县

八卦香泉井

在屯昌县屯昌镇。

海瑞家族墓

在屯昌县石硖村，传海瑞祖父曾居，尚存海氏家族墓四座。

白沙黎族自治县

阜喜温泉

在白沙黎族自治县光雅镇阜喜村北约 100 米处的山脚下。泉眼宽 10 余米，水深 50 ~ 60 厘米，水温平均 70 ~ 80° C，属高温矿泉，四季长流，蒸气弥漫，含硫黄等多种矿物质，能治多种皮肤病。

向民蝙蝠洞

在白沙黎族自治县元门乡向民村东北。洞宽 100 多平方米，高 30 米，顶端有洞，不可出入。于西侧凿一洞口出入。洞内蝙蝠成群，数以万计，粪积 3 米厚。蝙蝠粪又名夜明砂，有散淤血、去眼翳、明目的功效。

南开石壁

在白沙黎族自治县南开乡会富村。石壁长百余米、高约30米，由风化岩组成。壁分六层，状若石楼。壁面有泉水长流，汇于壁下溪中，蟹、龟、螺于溪中栖息繁衍，壁顶端一片密林。

昌江黎族自治县

风流山飞瀑

在昌江黎族自治县城东8公里处的风流山主峰东侧700米处，三级叠瀑，瀑下潭广水深，形如汤沸，终年不息，名“天池”。四周壁立陡峭，峡谷山涧长满奇花异木，红棉如火，山蕉如伞。

昌化岭

在昌江黎族自治县昌城乡。海拔40多米，山林吐翠，石怪峰奇，泉清花艳。

昌化石公

昌化岭上的一巨石，前临北部湾，高约10米，宽4米，顶端一小石如戴帽老翁。其前有三石盅，排列整齐，大如碗口，内有泉水，永不涸。前6米处又一矮石，人称“石公卫士”。后10米有一洞，高10米，宽14米，洞壁陡峭，内生奇花异草。

七差温泉

在昌江黎族自治县七差乡。长 10 米，宽 7 米，深 0.6 米，面积 70 平方米，水温 30 ～ 40° C，含硫磺等。

雅加大岭瀑布

在昌江黎族自治县雅加大岭西侧，落差 110 米，远望如白练垂空。四周山幽景俏，鸟啼花艳。

乐东黎族自治县

马下营

在县西北尖峰岭下，林木苍翠，奇石嶙峋。一块高 2 米、长 4 米的巨石上镌刻着“大元军马下营”，系元至元三十一年（1294 年）元朝军队镇压五指山区黎族人民反抗时的遗迹。

鸭脚岭国家森林保护区

在乐东黎族自治县行好村。

陵水黎族自治县

南平温泉

在县城西 20 公里南平农场场部。这里常年流淌着一条热气蒸腾的小河，岸上沙滩洁净如洗。沐浴时只需用手挖一个沙坑，温水即溢满坑内，形成天然浴盆。

新村港海水泳场

在县城西南 16 公里处。沙滩净洁，海水清澈，椰林成片，浓荫蔽日。

穆斯林石墓群

在陵水黎族自治县英州镇。

汉瓮棺葬

在英州镇军屯坡。

琼中黎族苗族自治县

圣堂庵

在琼中黎族苗族自治县湾岭镇。

碑碣岭

在琼中黎族苗族自治县湾岭镇。

（根据网络资料整理）

海南非物质文化遗产一览表

第一批	七彩雕画	黎族民间舞蹈《咚铃伽》	黎族著名民歌手王妚大民歌	文昌虫盘舞	苗族招龙舞
	舂米舞	东坡笠	崖州民歌	缬染工艺	琼剧（定安）
	黎族骨器制作	军坡节（定安）	黎族织贝精品——龙被	黎族干栏建筑生态自然村	黎族麻纺织工艺
	临高人偶戏	黎族钻木取火	昌江黎族原始手工制陶技艺	黎族树皮布	黎族民间打柴舞
	黎族传统棉纺织工艺	黎族“三月三“节	儋州调声		
第二批	海南澄迈民间炭画像	黎族共同舞	琼侨歌谣	海南八音器乐	黎族民歌
	黎族传统器乐	海南军歌	海南临高“哩哩妹”渔歌	海南斋醮科仪音乐	儋州山歌
	崖州民歌	海南苗族盘皇舞	黎族面具舞	文昌公仔戏	海南椰雕（文昌、龙华）
	海南龙塘雕刻艺术	南海珍珠传统养殖技艺	海南洋浦盐田传统晒盐技艺	海南陵水黎族藤编技艺	黎族传统服饰
	南海更路经（文昌）	军坡节（龙华）	琼剧（省琼剧院）	黎族文身	黎族船型屋居住习俗
	海南府城镇元宵换花节	黎族传统婚礼	黎族渡水腰舟	海南三亚回族婚礼	
第三批	黎族民间故事	海螺姑娘	临高渔谚	黎从六之歌	临高渔歌
	黎族方言长调	疍家调	黎族老古舞	虎舞	麒麟舞
	海南斋戏	黎族传统游艺与体育竞技活动	花瑰艺术	黎族絣染技艺	黎族双面绣技艺
	黎族泥片贴筑制陶技艺	黎族独木器具制作技艺	海南苗族传统刺绣腊染工艺	海南黄花梨木家具制作手工技艺	后安刀锻造手工技艺
	椰胡制作技艺	黎族织锦纺染工具制作技艺	传统土法制糖工艺	黎族藤竹编技艺	文昌鸡养殖与烹调技艺
	海南粉	陵水酸粉	黎族传医药骨伤疗法	黎族医药蛇伤疗法	祭祀兄弟公出海仪式
	海南苗族传统“三月三”节	黎族原始制陶技艺	军坡节（澄迈）	苗族三元舞蹈	南海航道更路经（琼海）
第四批	军坡节（屯昌）	海南苗族民歌	咚铃伽（陵水）	海南贝雕	鹿龟酒酿泡技艺
	沉香造香技艺	黎族传统纺染织绣记忆	天后祀奉	鲤鱼灯闹春	乐城岛闹元宵

跋

跟随诗人游海南

吴 再

我一直有个写作计划，就是创作诗意海南“一百”系列：《海南百景百诗》《海南百人百诗》《海南百草百诗》《海南百木百诗》《海南百宝百诗》《海南百物百诗》《海南百俗百诗》《海南百食百诗》……然后，配上图片，若有可能，中英双语，再出视频。当然，核心是诗歌。自古以来，以海南为题材的诗歌琳琅满目，最为熟悉的就是邱濬的“五峰如指翠相连，撑起炎荒半壁天”与苏东坡的“九死南荒吾不恨，兹游奇绝冠平生”。

为了描画海南之美，本书诗作并未严格遵从近体诗的“清规戒律”，属于现当代著名文学家贺敬之倡导的“新古体”诗范畴，即借鉴古典诗歌形式，采用七言、五言诗歌和词曲的基本格式，同时又不拘泥于平仄格律的限制和约束进行创作的较宽松自由的诗体。

早在2009年2月，海南就提出打造“诗歌岛”的设想。旨在丰富海南的旅游文化内涵，提升海南国际旅游的文化品位，推进海南旅游由地理资源型向文化吸引型的转变升华。2009年2月16日，“诗歌岛”计划启动仪式在海南省博物馆举行，是一项庞大而持续的社会文化工程。希望本书能尽绵薄之力，在海南各个旅游景点尽早与游客见面，争取进入海南各个学校课堂，激发学生们爱乡、爱岛与爱国的热情，成为大家认可的“岛书”——给向往海南的友人送上一本吧！

美丽富饶的海南有着悠久深厚的诗歌传统和丰富多彩的诗歌文化。新世纪以来，海南诗歌迅速在中国诗坛崛起，“海南诗人群落”的表现引人注目，被誉为“诗歌海军”。海南诗歌以自己独特的声音和气势实现了地域意义上的复生。海南已经成为一个诗歌大省。

诗歌评论家段从学说，海南的诗人数量与人口比例是全国最高的，既有一流的诗人，也有一流的评论家。此外，网络传播的飞速发展，也为海南诗歌的发展提供了便捷的通道，使得海南诗歌不再因为远离大陆文化中心而被边缘化。

海南每天都在变化。它有灿烂的历史，也有今日的辉煌。改变与塑造着海南形象的，既有闻名遐迩的景点，也有叱咤风云的人物，或者是独一无二的花花草草、飞禽走兽，或者是罕为人知的宝贵遗产、令人垂涎的美食特产，也可能是令人痴迷的风俗节日……这一次，我们选择了与诗同行。

《请到天涯海角来》、《我爱五指山，我爱万泉河》唱出了海南的动人旋律。德国古典诗人荷尔德林说：人，诗意地栖居在大地上。我们完全可以做到：让全球游客，按照诗人的引领，诗意地行走于椰风海韵之中，因为，这是——

唐诗一样的海南

我相信

海南岛一定得到了神的眷恋

在亚龙湾
仙人掌一半倒影在水中
一半倒影在风中
李白走过沙滩，念念有词

唐诗里的草
唐诗里的虫
逃脱了“安史之乱”的烽火
来到海边
白居易无须再到浔阳江头
杜甫不必再唇焦口燥

蔚蓝！天地无边的蔚蓝
在南疆的辽阔上蔓延
鱼在飞——清晨，中午，晚上
王维静默的佛缘染上绿色
红色、黄色、紫色……
达达瑟的旋律刚好下酒

在海南，命犯桃花
一些迷人的姑娘，总让杜牧
忘却秦淮河畔的后庭花
在海南，王勃潜水归来
李贺、李商隐
坐等山兰稻熟

“人生莫负海南游，五指山高景物优。最爱凤凰临宝地，三亚难舍鹿回头。”马万祺一首有感而发的抒情诗，描述了海南旅游的地位。这里发生的故事以及依旧鲜活、依旧明媚的旖旎风光，都是这个星球上无可替代的宝藏。

本书所写百景只是作者心目中的百景。作为一座风情万种的宝岛，海南著名景点绝不仅限于本书。府城“毋忘九一八国耻纪念碑”、东山湖热带野生动植物园、冯小刚电影公社、海口人民公园、官塘温泉、张云逸大将纪念馆、陈策将军祖居、高隆湾、美榔双塔、中沙群岛、白沙起义纪念碑、青云塔、椰子岛……皆名闻遐迩，篇幅关系，只能留待热爱海南的有心人细细寻找。其中，有些景属于点，如聚奎塔、五公祠，可以聚焦；有些属于面，如南渡江、南沙群岛，它们囊括了诸多美景，只能鸟瞰。

最后，感谢李少君兄的指导，感谢易行老师热情洋溢的序言，感谢画家郭泽光老师的鼎力支持，感谢海南乡亲、好友王宽杰、符祝芹，以及我的爱人曾丽洁的默默奉献，没有你们的鼓励与帮助，这座“诗歌岛”就不可能如期浮出海面。

由于资料来源、创作时间以及水平所限，本书难免有疏漏之处，恳望读者予以指正，以便再版时修订。

2015 年 4 月于深圳